500 SECRETS ADOLESCENTS

Primera edició: juny del 2017
Segona impressió: juliol del 2017

Disseny de la coberta: Book & Look
Maquetació: Endoradisseny

Casa Catedral®
Josep Pla, 95 — 08019 Barcelona
www.ireadbridge.com
info@ireadbridge.com

Imprès a Limpergraf
Dipòsit legal: B-11.309-2017
Imprès a la UE
ISBN: 978-84-16670-36-9

500 SECRETS ADOLESCENTS

ADOLES CENTS.CAT

Tots tenim secrets i tots amaguem coses. I no han de ser precisament coses dolentes. Poden ser coses que ens fa vergonya explicar, coses frikis o coses que tenim la sensació que només fem nosaltres i, per tant, ningú n'ha de fotre res. És la nostra intimitat, el nostre món.

Però què passa quan demanes a milers de nois i noies adolescents que t'expliquin els seus secrets més íntims? Aquesta és precisament la pregunta que ens vam fer a la redacció d'*Adolescents.cat* i vam decidir comprovar-ho. Així que vam publicar un formulari al portal amb la pregunta: "Quin és el teu gran secret que mai has confessat a algú?". Conscients que ningú voldria revelar la seva identitat, ens vam limitar a saber el sexe i l'edat de la persona que explicava cada secret. En menys de cinc minuts, ens vam ensumar que aquell petit experiment sociològic seria un èxit. Aquests van ser els tres primers secrets que vam rebre:

Noia, 13 anys

M'he comprat un conill sense que els meus pares vulguin i l'estic amagant a la meva habitació fins al dia de Reis, quan el posaré entre els regals com si l'haguessin portat els Reis...

Noia, 16 anys

Quan estic sola a casa, moltes vegades m'enrotllo amb les cortines i em quedo quieta molta estona com si fos un cuc de seda.

Noi, 16 anys

La meva mare té un centre d'estètica i té peixos que es mengen la pell morta dels peus en una peixera. Un dia que estava sol no vaig poder-ho evitar. Sí, vaig fer el que tots els tios esteu pensant... Vaig posar el penis dins la peixera per comprovar què feien els peixets.

Aquestes històries ens van superar, eren genials! I ens van confirmar allò que sempre s'ha dit, que la realitat supera la ficció. Amb el titular "7 secrets de nois i noies adolescents confessats per primera vegada" vam publicar el que seria el primer d'una sèrie d'articles que superaria els 100 volums i es convertiria en un fenomen entre la comunitat adolescent de Catalunya. Uns articles que, en el moment de la publicació d'aquest llibre, ja han superat els 3 milions de lectures al portal *Adolescents.cat.*

Com s'explica aquest boom? Vam tenir clar des del primer moment que permetre enviar els secrets des de l'anonimat feia que molts adolescents s'atrevissin a publicar les seves intimitats sense por, perquè l'anonimat fa que el més important sigui el missatge i no el missatger. I aquesta ha estat la clau perquè milers de nois i noies ens hagin confiat les seves històries sense l'angoixa i el patiment de ser jutjats ni assenyalats.

Ara, passo el portàtil a l'Ernest Codina, cofundador d'*Adolescents.cat*. Em diu que vol plantejar-vos un parell de temes abans que comenceu a llegir el llibre. No patiu, la nostra editora ens ha dit que la introducció no pot tenir més de 800 paraules i jo ja n'he gastat 450, així que serà curt!

Roger Carandell

Gràcies, Carandell! Ets un tio molt maco. Res, que jo soc força sensible i m'entendreix bastant el fet que ens confieu les vostres històries prohibides amb aquesta naturalitat. Ens feu molt riure, adolescents. És molt fort tot el que feu en privat, i el fet que ho compartiu amb nosaltres i tots els lectors d'*Adolescents.cat* reforça el concepte de comunitat que defineix la nostra plataforma. Aquest era, precisament, el nostre objectiu a l'hora de fundar *Adolescents.cat*. Volíem que tinguéssiu un espai per informar-vos i entretenir-vos, que aquest lloc a la xarxa us generés la confiança suficient per a fer-hi amics, adreçar-hi dubtes o, en el cas que ens ocupa, explicar-hi secrets de forma anònima.

Què passaria si, de sobte, tothom revelés els secrets que amaga? Us imagineu que ara mateix sortissin a la llum totes les conspiracions que s'estan produint als despatxos dels polítics que dominen el planeta? Suposem que es destapessin els amagatalls dels terroristes més buscats del món o totes les infidelitats que cometen aquelles parelles que semblen tan enamorades. Els secrets (entenent que són veritats que no s'han explicat) fan que la societat sigui com és; la revelació d'un gran secret podria fer trontollar la consciència de tota la humanitat i fins i tot la manera que tenim de relacionar-nos. Qui va matar Kennedy? Quina és la fórmula real de la Coca-Cola? El virus de la SIDA es va crear veritablement en un laboratori? Qui ho va fer? Amb quin objectiu? Si poguéssim contestar aquestes preguntes i les d'una llarga llista que encara estan per respondre, la nostra cara de pòquer seria per emmarcar. Ens avergonyiríem dels humans, però també apareixerien un gran nombre d'herois anònims que ens han portat fins aquí com a espècie.

Sé que estem aconseguint despertar-vos la curiositat i que hem donat als secrets el valor que es mereixen. Per això és tan important quan algú ens demana que li guardem un secret! És una mostra claríssima d'amistat i cal ser conseqüents amb el que passi si, sense permís, expliquem tal confidència a una tercera persona. La morbositat, la necessitat de sentir-nos importants o, simplement, la característica de bocamoll fa que hi hagi secrets que vagin circulant més enllà del nucli de seguretat.

Sabent tot això, volem donar-vos les gràcies. Gràcies per confiar en *Adolescents.cat*! Amb els vostres secrets, milers de persones riuran i fliparan. Els secrets de tota una generació d'adolescents quedaran guardats i ben recollits en aquest llibre! Esteu a punt? Ha arribat el moment de fer una immersió en l'univers del misteri, del surrealisme, de la veritat absoluta i de l'essència de la humanitat.

Ernest Codina

Secrets Emotius

Noia, 13 anys

Fa 1 any vaig perdre el meu avi, i crec que quan apago la llum el veig assegut a la meva cadira... Li explico com m'ha anat el dia perquè crec que em sent.

Noia, 12 anys

El meu padrí es va morir fa dos anys. Cada any, el dia del seu aniversari, vaig al cementiri i li porto flors. Ningú ho sap. Encara que no estigui amb mi l'estimo més que a ningú.

Noia, 16 anys

Fa 9 anys que va morir el meu pare i avui gairebé ploro a la classe de tecno perquè m'he adonat que el profe fa la mateixa olor que ell (porta la mateixa colònia), era com si, durant uns segons, hagués tornat a la meva vida.

Noia, 15 anys

Em vull dedicar a la dansa, però tinc por a fracassar pel cos que tinc. Ara, per no decebre els meus pares, dic que vull estudiar economia.

Noi, 14 anys

Cada dia, abans d'anar a dormir, llenço un petó i un t'estimo al meu pare que és al cel.

Noia, 14 anys

La meva mare està en coma des de fa 4 anys. Les meves germanes, de 20 i 16 anys, m'estan criant. Em comporto com si ho hagués superat perquè no es preocupin, però a la nit li escric cartes que, cada dissabte a la tarda, quan la vaig a veure sola, li llegeixo. Mama, desperta't, et trobo molt a faltar ❤.

Noia, 15 anys

Fa uns dies es va morir un amic. Durant aquests dies he sentit la seva presència, com si hagués vingut a dir-me adeu. No és el primer cop que em passa, a vegades tinc la sensació que algú proper em cuida, com si fossin àngels...

Noia, 15 anys

Li vaig fer un club de fans per Insta a la meva millor amiga perquè estava deprimida. Ella mai ha sabut que era jo.

Noia, 16 anys

Li compro menjar a un home que és pobre (una vegada per setmana). No li dic res a ningú per por del que puguin dir.

Noia, 18 anys

Vaig a l'hospital quasi cada dia on està ingressat el meu ex. Pregunto als seus metges com li va la químio i com li surten les proves. Ell no ho sap. Tampoc ho explico a ningú perquè em va fer molt mal, però crec que encara l'estimo i em sap greu el que li està passant.

Noia, 18 anys

Soc una gran defensora dels animals i, a vegades, quan surto al carrer, agafo menjar del meu gat i, sense dir-ho a ningú, alimento els gatets sense casa.

Noia, 15 anys

Un dia li vaig posar a una molt amiga meva 50€ a la motxilla perquè sé que ho necessita i em fa molta pena. Ningú ho sap. Ella està flipant perquè encara no sap qui ha estat ni res.

Noia, 13 anys

Els meus pares portaven uns mesos barallats així que la meva germana i jo vam voler posar-hi remei. Vam fer-li un regal al meu pare com si fos de part de ma mare. El meu pare n'hi va fer un a ella i, com que ella no ho entenia, n'hi va fer un altre a ell. Ara ja està solucionat però no saben que hem estat nosaltres.

Noia, 18 anys

A casa no em deixen tenir cap mascota. A la plaça del costat hi vaig veure un gos abandonat, molt brut i sec. Li vaig començar a portar una mica de menjar i cada dia m'espera a la plaça per rebre un tros de pa. També li porto aigua. Ningú n'és conscient...

Noi, 17 anys

La meva germana té 9 anys i no té moltes amigues, i fa unes setmanes em va demanar que jugués amb ella a la Wii, vam jugar tota la tarda, perquè em feia pena :'(

Noia, 13 anys

Soc la típica noia xoni que fuma i que és la típica malota (la majoria de gent de la classe no sap que tinc molts problemes a casa amb els meus pares perquè trafiquen amb droga davant meu).

Noi, 20 anys

Fa anys em vaig traumar molt. Vaig banyar el meu gos i mentre l'estava assecant em va relliscar l'assecador i em va caure a dins la banyera. El meu gos va morir electrocutat. Vaig plorar molt i mai ho he dit a ningú. Em sento molt culpable.

Noi, 15 anys

Tinc un os de peluix des que vaig néixer, encara dormo amb ell, i el pitjor és que en ell he creat el millor amic que sempre he volgut tenir. L'hi explico tot i em penso que m'ajuda. És estrany, ho sé, però m'ha ajudat a superar moments difícils.

Noia, 14 anys

La meva mare va morir quan era petita, i a vegades m'imagino que la seva mort va ser una farsa i que està viva per algun lloc i que un dia tornarà. Sé que és una tonteria, però ho he arribat a pensar més d'un cop.

Noia, 16 anys

Tinc l'esperança que quan ens morim ens convertim en àngels, que cada ànima escull una persona viva i que és el seu àngel de la guarda. Jo crec que el meu pare és el meu.

Noia, 15 anys

Per Nadal i el meu aniversari reunia diners perquè la meva àvia pogués operar-se d'una cama. Li deixava els diners dintre del bolso i per llibretes que ella tenia per casa. Ara la meva àvia ja està bé, però mai ho he explicat a ningú perquè tinc por que em renyin...

Noia, 14 anys

Tinc una caixa dels records (és com jo li dic) i hi vaig ficant coses importants per a mi sense mirar el que hi ha acumulat, amb la fi que quan sigui més gran em vinguin molts records a la ment (a vegades m'autoescric cartes a la meva jo del futur).
Mai no ho dic a ningú perquè pot semblar una cursilada.

Noi, 16 anys

Potser ja soc molt gran per aquestes coses però molts cops li demano a la meva mare si puc dormir amb ella, és la millor mare del món. Després, quan veig molts nois de la meva edat que passen de les seves mares o els parlen malament penso "si sabessin que dormo amb la meva..." Jajajaja!

Noia, 15 anys

Moltes nits penso que el meu pare, algun dia, vindrà i em demanarà perdó per haver-se perdut tota la meva infància i em regalarà aquella nina que durant anys li demanava per cada aniversari i mai hi va pensar. Sempre era a fora treballant i celebrava l'aniversari només amb la meva mare. Ho sé, és decebedor...

Noi, 16 anys

Soc el malote de l'institut que es fica amb tothom i fuma. Però ningú sap que els poemes d'amor a darrere la porta del lavabo, són meus.

Noia, 18 anys

Tinc depressió crònica, aquell punt on estàs al fil del precipici, si molt bonic, el millor? Em diuen Miss Somriures, perquè mai deixaré que els que m'importen ho notin i pateixin per mi. Per això em passo el dia fent el pallasso i somrient.

Noi, 18 anys

La meva nòvia es posa molt gelosa perquè hi ha diumenges que vaig al cementiri a veure la tomba de la meva ex. Quan va morir li vaig prometre que mai l'oblidaria i de tant en tant aniria a explicar-li com em va la vida.

Noia, 15 anys

El meu avi enganya a la meva àvia, cada setmana o cada dues se'n va a un poblet de Tarragona per veure a la seva amant. La meva àvia no sap res i no li vull dir, la destrossaria, acaben de celebrar els 50 anys de casats.

Noia, 15 anys

Porto més d'un any amb depressió i anant al psicòleg, però Adolescents.cat us haig de dir que gràcies als secrets que pengeu he tornat a riure com feia molt temps que no ho feia. Moltes gràcies, us estimo.

Noi, 16 anys

El meu millor amic estava enganxat a les drogues i vaig fer tot el possible perquè les deixés. Ara ho ha aconseguit i només ho sabem ell i jo. Ens fa por que la gent ho sàpiga...

Noia, 14 anys

Fa 2 anys va morir la meva àvia. Quan estava a l'hospital em va dir que volia que em quedés una cargola de mar que ella tenia al menjador i que sempre que la trobés a faltar me la posés a l'orella i escoltés el so del mar perquè és el que més li agrada del món. Quan va morir vam escampar les cendres al mar i molts dies, quan la trobo a faltar, em poso la cargola a l'orella i li explico com em van les coses.

Noia, 17 anys

El meu millor amic es va morir d'un accident de moto i a l'hospital em va dir que, si tot s'acabava, fos sempre jo mateixa i que quan anés amb moto cantés la seva cançó... I ara sempre que vaig amb moto començo a cantar la cançó que a ell li agradava. La gent em mira malament però m'és igual.

Noia, 17 anys

Sé que sona estrany però un dia, abans que la meva àvia morís, vaig anar a veure-la i quan la vaig abraçar per marxar vaig pensar que era l'última vegada que l'abraçaria. Un dia després va morir.

Noia, 14 anys

A vegades vull plorar molt fort, vull que algú m'escolti plorar, i que em digui que tot estarà bé, que m'abraci i em digui que no és culpa meva.

Noia, 15 anys

Tinc una caixa amb tot d'objectes que em recorden algun moment maco de la meva vida, més una llibreta que explica la meva vida i el significat dels objectes de la caixa. Quan em mori, vull que els meus descendents mirin la caixa. Em fa il·lusió.

Noia, 14 anys

Fa un any la meva millor amiga va morir de leucèmia. Ho vaig passar molt malament, vaig estar dos mesos sense dormir ni sortir de casa... Els meus pares es pensen que ja ho he superat, però alguna vegada els he dit que anava a casa d'una amiga i, en comptes d'això, m'he colat al cementiri i he passat l'estona al costat de la seva tomba... La trobo molt a faltar.

Noia, 16 anys

Des que va morir la meva àvia que guardo el seu últim xampú de cabell, en queda poc i quan la vull recordar l'obro i l'oloro. Em reconforta molt.

Noia, 14 anys

Em relaxa i em fa plorar veure el cel estrellat i imaginar-me que només hi ha una estrella que brilla. Penso que és el meu avi.

Noia, 15 anys

Ballo des que tenia 7 anys i fa poc em vaig presentar a una audició sense dir res als meus pares. Vaig obtenir una beca, però per por que els meus pares s'enfadessin no vaig acceptar la beca.

Noia, 16 anys

Fa dos anys tenia un peix que es deia Mosca. Un dia vaig notar com si es trobés malament, ja que pensava que em podia comunicar amb ell. Així que li vaig triturar un ibuprofèn i li vaig donar com si fos menjar. Quan em vaig llevar el vaig trobar mort :(

Noi, 15 anys

El meu besavi em va ensenyar on amagava els seus estalvis. Va dir que eren tots per mi, però que no els podria utilitzar fins que tingués 18 anys i que no ho podia dir a ningú. 3 hores després de dir això, va morir.

Secrets Institut

Noia, 13 anys

L'altre dia una amiga va entrar al seu Insta amb el meu mòbil i se'l va deixar obert. Jo no el vaig tancar i ara sempre que estic avorrida hi entro i miro el Direct. Em sento maligna, he descobert moltes coses!! Jaja!

Noia, 15 anys

M'agrada el profe de mates. L'altre dia vaig somiar que em feia classes particulars i el resultat donava 69, ja m'enteneu. No puc desitjar-lo més, joder.

Noia, 14 anys

Totes les meves amigues de classe tenen les tetes més grans que jo. Em fico molt paper de vàter dins els sostenidors perquè sembli que en tinc més.

Noia, 14 anys

A vegades em tallo els pèls del txitxi amb les tisores del cole. Avui la profe m'ha demanat les tisores perquè sec a primera fila i ha tallat uns papers que després ha repartit a tota la classe. He rigut i m'he posat molt catxonda.

Noia, 15 anys

Moltes vegades abans d'anar-me a dutxar em poso davant del mirall d'esquena i em miro el cul. Intento posar-lo d'alguna manera perquè sembli que en tinc més i quan vaig a educació física o a fer esport intento posar-lo com he practicat. He de dir que funciona i tinc fama de tenir bon cul, però us asseguro jo que quasi no en tinc. És només que he perfeccionat les postures. Jajaja!

Noi, 15 anys

La meva classe està en un segon pis i quan no hi ha ningú a vegades tiro alguna cadira al pati per la finestra. XD Hi ha un gran misteri a tot l'institut perquè ningú sap què passa amb la cadira ni qui la tira. A més no segueixo cap patró, ho faig a vegades i així no ho poden preveure. Ara està tothom amb la paranoia buscant algun significat. Fa molt riure, jo no dic res.

Noia, 15 anys

Hi ha un noi a la meva classe que és el típic pringadillo amb pocs amics, ja que és molt tímid. Jo soc molt oberta i em faig amb molta gent, i tot i que tothom el vegi així, jo el trobo molt guapo. Així que vaig aprofitar i a les festes del meu poble em vaig liar amb ell. La gent de la meva classe fliparia si ho sabessin, ja que aquestes coses no els entren al cap.

Noia, 14 anys

Sempre que estic a classe i m'ha de venir la regla, em toco el cony quan ningú mira i m'oloro les mans.

Noia, 16 anys

Al meu institut algú ha creat un compte d'Instagram amb el nom de Gossip Girl on expliquen els cotilleos més salseantes dels popus. Tothom es pregunta qui és, però ningú sap que soc jo ;). M'encanta veure com la gent és tan falsa, ja que les persones més unides són les que més es putegen. La millor part és quan em trobo amb les persones que m'escriuen, després no les puc mirar a la cara perquè em fico a riure.

XOXO

Gossip Girl

Noia, 14 anys

Últimament em posa molt anar als banys de l'insti sola i mirar per sota de les portes les sabates de qui hi ha a dins. Després al pati miro les sabates de totes les noies i així sé qui ha anat al bany. Jajajaja. Estic boja.

Noi, 16 anys

Com que odio les matemàtiques, quan estic sol a casa començo a recitar tot el que vaig fent cantant òpera.

Noia, 14 anys

Em tiro pets i culpo els meus companys de classe. Un cop van fer fora el meu amic perquè l'havia acusat del meu pet, ja que feia molta pudor i jo soc un noi que treu molt bones notes i els profes no es creuen que hagi estat jo.

Noia, 16 anys

Em poso molt calenta a la classe de mitologia. De vegades em toco pensant que soc una deessa de l'Olimp i que m'ho munto amb els déus. No sé per què, però em posa moltíssim. Crec que per les històries que ens expliquen, a l'edat clàssica anaven molt calents.

Noi, 16 anys

Molts professors i professores de la meva escola són parella, i més d'un cop me'ls he imaginat a tots (però tots) muntant-se una orgia a la sala de professors i follant de totes les maneres possibles, pensava que era la única persona que pensava/feia coses pornogràfiques però al llegir aquests secrets em sento més normal i em tranquil·litza! Jajaja!

Noia, 15 anys

Vaig fer un examen que em va anar fatal! Al migdia vaig entrar al despatx de la profe i vaig robar tots els exàmens i ningú sap que vaig ser jo.

Noia, 17 anys

Suspendre'n 5 i pagar a un noi del meu poble que sap molt d'ordinadors perquè falsifiqués les notes abans de donar-les als meus pares. O ho recupero tot el proper trimestre o em pillaran perquè amb cinc suspeses repeteixo fijo.

Noia, 16 anys

Una vegada em vaig tallar els pèls del cony amb unes tisores de l'estoig i el típic subnormal me les va demanar i se les va ficar a la boca (jo m'estava partint el cul de riure).

Noia, 16 anys

Estic enamorada del meu professor de català que té uns 40 anys. Fa un temps li vaig dir en un mail tot el que sentia per ell i cap de les meves amigues ho sap. No em va contestar el mail i cada cop que tenim classe amb ell ho passo fatal i em moro de vergonya. Em sento idiota per haver-li enviat el mail.

Noia, 17 anys

Faig segon de Batxillerat i m'he liat amb el meu profe de filosofia (fora de l'institut me'l vaig trobar de festa). Ell té 31 anys i està casat. El pitjor és que la seva nòvia/dona és la meva entrenadora de vòlei.

Noi, 16 anys

Des de fa 2 anys m'agrada molt anar sense calçotets a l'insti. Ningú ho sap.

Noia, 14 anys

Tinc posat al meu mòbil el compte de Gmail d'un profe (un dia per una cosa me'l va posar i no el va treure) i porta més de dos mesos parlant amb una noia... Crec que té una aventura... Ningú ho sap i com em pilli em mata.

Noia, 16 anys

Des que va començar la 2a temporada de *Merlí* el meu professor d'història l'intenta imitar i fa pena. Té 50 anys i ningú sap com dir-li perquè pari.

Noi, 15 anys

Un dia a classe em va entrar un apretón i vaig anar al lavabo més a prop que tenia i era el dels profes. A l'entrar, em vaig trobar a la de castellà amb el d'educació física, liant-se. Des de llavors m'ha quedat un trauma i no els puc mirar amb els mateixos ulls.

Noia, 15 anys

La meva profe de música té Instagram i un dia amb els meus amics ens vam inventar un usuari fals penjant fotos de tios hipsters només per seguir-la. Total que un dia ens obre DM per dir-nos que vol quedar i que volia el número per parlar per WhatsApp. Aquell dia em vaig adonar que era una desesperada. La vaig bloquejar. Ara a classe no la miro amb els mateixos ulls que abans. :s

Noia, 15 anys

Els meus pares pensen que tinc molts amics perquè sempre parlo pel WhatsApp amb molta gent. Ja m'agradaria, però la veritat és que no són amics, sinó companys de classe que em demanen els deures ja que pensen que soc l'empollona de la classe.

Noia, 16 anys

Quan vaig a classe porto dos mòbils diferents, un que funciona, i l'altre que està de bulto. Així si em veuen utilitzant un, faig el cambiazo i així puc seguir utilitzant el meu.

Noia, 15 anys

Un dia teníem que parlar amb els professors els dos representants de la classe, jo soc una i l'altre és la meva enemiga. Aquell dia li va venir la regla i va anar amb els pantalons tacats. No li vaig dir res. :) Venjança. :D

Noia, 14 anys

La meva mare és profe del meu cole i fa classe a 1r de Batxillerat i a 3r d'ESO. Jo estic a 2n i una de 1r em va dir que si els donava l'examen, em donaven 50€. Vaig acceptar i vaig robar l'examen a la meva mare.

Noia, 14 anys

Un dia estàvem fent un examen, em va entrar un apretón i els lavabos estaven tancats. Vaig sortir el pati i vaig cagar allà a darrere d'un mur. Després tothom va veure la caca però ningú sap que és meva. Jeje.

Noi, 15 anys

Robo paper higiènic dels lavabos del meu institut i me l'emporto a casa.

Noi, 17 anys

L'altre dia al laboratori havíem de buscar informació sobre les parts d'una planta i com que l'ordinador no anava i no portava mòbil, li vaig demanar el mòbil a la professora. En prémer la lletra P per buscar "parts d'una planta" vaig veure Porno Lésbico com a pàgines més buscades. Actualment està casada i té dos fills més petits que jo.

Noi, 16 anys

Quan era petit un nen de cole em pegava perquè jugava a saltar corda en lloc de jugar a futbol i em deia que era de marica. L'altre dia vaig anar de festa i després de molts anys me'l vaig trobar. Ens vam acabar liant.

Noia, 15 anys

L'altre dia, a classe d'anglès, li vam demanar a un amic el mòbil per buscar una paraula al traductor del Google. Total, que ens deixa, i a l'entrar al Google veiem al cercador: "Cómo hablar con una chica". És tan mono!

Noia, 14 anys

L'any passat em vaig posar un tampó perquè tenia piscina, quan em vaig tirar a l'aigua em va sortir i perquè ningú el veiés me'l vaig guardar al gorro.

Noia, 16 anys

Fa uns mesos anava amb mig cap rapat. Quan els meus amics de l'institut em van preguntar per què ho havia fet els vaig dir que m'agradava el rotllo i tal. Però el que els meus amics no saben és que tenia un tumor benigne al cap i per extirpar-lo em van haver de rapar mig cap.

Noia, 15 anys

L'altre dia vaig anar amb la meva millor amiga al gimnàs i al vestuari, quan ens estàvem canviant, mig despullades, se'ns va apropar la nostra professora de matemàtiques! I lo mes fort és que ens va començar a parlar sobre la seva vida i mentrestant, s'anava despullant. Al final l'hi vam veure tot. Va ser bastant traumatitzant. A partir d'aquell dia no hem tornat a anar al gimnàs un divendres.

Noia, 25 anys

Soc professora d'un institut, i cada vegada que llegeixo els secrets penso en els alumnes que els podrien haver enviat. I després a classe m'entra el riure. Jajaja.

Noi, 17 anys

Abans em feien bullying i per poder plorar a casa tranquil·la feia enfadar molt els meus pares perquè em castiguessin i així no em preguntaven què em passava.

Noia, 15 anys

Hi ha vegades que quan no vull anar a l'insti faig un truc que tinc guardat des de fa uns anys. Em poso el termòmetre als engonals. Allà no sé per què la temperatura és més alta i el que fa és que el termòmetre digui que tinc febre! Em deslliuro d'anar a l'insti en un plis-plas.

Noia, 14 anys

Fa uns dies em vaig proposar un repte: dibuixar polles a tot arreu. Ara l'insti està ple de polles i ningú sap que les he dibuixat jo.

Noia, 15 anys

Un dia vaig enganxar el meu profe de mates mirant porno al seu departament. Em va dir que no digués res a ningú però jo li vaig dir que a canvi volia un excel·lent a mates. Ja fa dos anys que tinc el mateix profe i tinc excel·lent tots els trimestres.

Noia, 15 anys

Faig 4t d'ESO i he de portat ulleres des de 6è, però no les porto a l'institut perquè em fa vergonya. Cada curs penso: el curs que ve te les poses. Però mai ho faig, només la meva família i les meves amigues de la colla m'han vist amb ulleres.

Noia, 17 anys

Tinc pànic de llegir en veu alta. A classe quan em toca llegir el cor se'm posa a cent per hora, començo a suar i no puc concentrar-me en les paraules dels nervis que tinc. Tota jo em bloquejo i a vegades fins i tot em tremola la veu. I mentre llegeixo estic desitjant que el professor em talli per poder respirar. En aquests moments voldria fer-me petita fins a desaparèixer. I el pitjor de tot és que sé llegir bé i ho sé, però en aquests moments sento com si fos analfabeta i estigués davant d'un munt de signes que no entenc. I encara em poso a fer veure que no he acabat la feina quan el professor demana a algú per llegir. Patètic, no? Com si així ja no em veiés o no m'hagués de fer llegir perquè jo pugués acabar la feina. No ho he explicat mai a ningú perquè em fa vergonya i m'agrada pensar que els meus companys de classe no se n'han adonat, que creuen que m'he confós en alguna paraula perquè estic cansada o que no em surt la veu perquè estic

afònica. Ara he començat a aprendre a controlar-ho, quan em toca llegir ho faig a poc a poc i respirant profund procurant que no em tremoli la veu ni em comenci a bategar tant el cor que no escolto res més que els meus batecs. I sort que estic a Batxillerat i s'ha acabat que et posi'n nota per com llegeixes en veu alta.
Així que aquest és el meu petit secret que guardo des que vaig aprendre a llegir a Primària.

Noia, 15 anys

Cada divendres em masturbo al lavabo del meu institut pensant en el professor de català.

Noia, 17 anys

Ja m'he colat tres vegades o més al gimnàs del meu cole a l'hora del pati per pujar damunt del potro i masturbar-me. Pujo a sobre com si fos un tio i me'l fo**o.

Noia, 18 anys

El meu nòvio es diu Joan i dona la casualitat que el meu profe de català també. Li vaig enviar un correu hot al meu nòvio explicant totes les marranades que li volia fer aquell finde... I sense voler al teclejar "Joan" al destinatari vaig posar el correu del meu profe.

Noi, 14 anys

Em vaig passar tota una nit mirant capítols d'una sèrie i l'endemà vaig anar a classe. Tenia tanta son que vaig fingir que havia caigut per l'escala del segon pis, la tutora em va portar a l'hospital i allà em van dir que no tenia res. He de millorar les meves excuses...

Secrets Hot

Noi, 13 anys

Quan els meus pares no hi són, aprofito per masturbar-me amb la porta oberta. No sé per què però em posa més calent tenir la porta de l'habitació oberta.

Noi, 18 anys

La nòvia del meu millor amic em fot mà a sac quan sortim de festa. Em fa miradetes guarres i em refrega el seu peu per sota la taula. Ell sempre hi és present, però no s'adona de res i a mi em fot MOLT catxondo.

Noia, 15 anys

Moltes vegades penso en el noi que m'agrada i em lio amb la meva mà simulant que és la seva boca. Una nit vaig passar com una hora liant-me amb la mà i imaginant-me coses que em deia. Vaig acabar fent-me els millors dits de la meva vida. Jajaja.

Noi, 16 anys

Soc noi i heterosexual però no sé què em passa que quan vaig calent i miro porno em posen les polles i a la vida real em produeixen fins i tot fàstic, és normal?

Noia, 15 anys

Vaig practicar sexe oral amb un noi, no vull dir-ho a ningú per por que em diguin guarra. El més dolent és que el dia següent em va sortir un herpes labial i tothom em preguntava que per què era, jo morint-me de vergonya i pensant sempre en el moment. Crec que ara em fan fàstic les polles. :')

Noia, 17 anys

Quan el meu nòvio i jo tenim relacions m'ha de tapar la boca amb les mans perquè crido molt. Això em posa encara més.

Noia, 16 anys

Una vegada estava a casa d'un amic amb el nostre grup d'amics veient una peli. Allà també estava el meu rotllo i ens vam començar a ficar-nos la mà. No sé, em va excitar molt el fet d'estar al costat dels altres mentre m'estava fent dits.

Noia, 15 anys

Quan vaig anar al cine amb el meu nòvio per primer cop ens vam masturbar mútuament... Quan vam marxar del cine i estàvem fora, vam anar a un carrer i ens vam liar a saco. Estàvem supercalents i li vaig acabar menjant en un parc perquè ja era de nit.

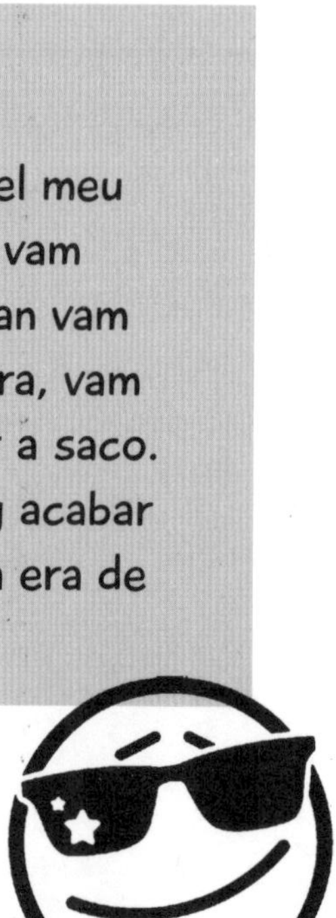

Noi, 15 anys

Vaig llegir que si et feies una palla amb dos talls de llom era com una vagina. Ara cada 3 dies els dic als meus pares que en comprin. Ells estan una mica estranyats ja que no en menjo gaire i mai en queda.

Noia, 14 anys

Tinc nòvio, però em poso molt calenta i em faig dits pensant en un amic seu que va a la meva classe.

Noia, 16 anys

M'he tirat 7 dels 14 nois de la meva classe i 1 de la classe del costat. Crec que soc addicta al sexe, i ho dic de veritat. No és una cosa de la que estigui orgullosa.

Noia, 14 anys

Quan tenia 12 anys vaig jugar al joc de l'ampolla amb el meu cosí i ens vam liar...

Noi, 16 anys

Em posen els turmells... Sé que és un tòpic del youtuber (Hamza Zaidi) que fa la broma, però és la veritat. Des de que es va fer famosa la broma, ningú em pren en serio, però estic content perquè tinc una excusa per tocar els turmells a les noies. XD Tot i això, alguna vegada m'he empalmat i han sospitat.

Noi, 19 anys

La meva ex em va enviar un vídeo follant amb el seu nòvio actual per posar-me gelós.
Li he enviat el vídeo al seu pare.

Noi, 14 anys

Jo no m'he liat mai amb ningú, i a vegades, quan estic sol a casa, em morrejo amb un radiador per simular la calor corporal d'una tia, i em poso catxondo.

Noi, 14 anys

Em posa moltíssim agafar fruites, fer-hi un forat, posar-les al microones i ficar el meu penis a dins del forat calentet. Em fa pensar que és un txitxi.

Noia, 16 anys

La meva amiga i jo a classe ens posem el llapis a la boca per veure fins on arribem. Després ho mesurem amb un regle per veure fins a quina mida podríem xupar... JAJAJA

Noia, 15 anys

Vaig perdre la virginitat amb el meu nòvio i em va deixar als tres dies. Sé que llegirà això, només vull dir-li que la tenia petita JAJAJA i que des de que ho vam deixar m'he liat amb un (que sí que la tenia més gran que ell), i que quasi l'he oblidat.

Noia, 16 anys

Quan em toco, entro a l'Instagram del noi que m'agrada i m'imagino que m'està follant. Després quan me'l trobo li faig mirades pervertides com si hagués passat de veritat. Jajaja Ho sé, semblo una "loca" total.

Noia, 16 anys

Quan estic a casa em masturbo amb un boli i me'l poso a l'estoig. Quan arribo a l'insti i algú em demana un boli li dono aquell i em dona molt de morbo veure com l'utilitza. :)

Noia, 17 anys

Sempre he tingut la curiositat de si els xinesos la tenen petita. L'estiu passat vaig anar de viatge a l'estranger i vaig conèixer a un noi xinés, la cosa està en que un dia em va demanar sexting per Snap i com tenia curiositat li vaig seguir el rotllo fins descobrir que la tenia com el meu polze!!

Noia, 16 anys

Amb les meves amigues sempre fèiem conya de que quan quedéssim faríem un trio. Un dia a una festa estàvem bevent jugant a la botella i ens vam ficar molt calentes, el cas és que vam acabar liant-nos i tocant-nos les tetes totes tres. No n'hem parlat més. Jajajaja. Serà el nostre secret.

Noia, 14 anys

Reconec que quan tinc els pèls del txitxi llargs provo de fer com trenes. Jajajaja. Moltes ho heu provat, segur!

Noia, 15 anys

M'olora el cony a peix, no sé si soc jo o hi ha altres persones que també li passa això. I no és conya.

Noia, 17 anys

A l'estiu, quan estic a la platja, vaig amb el banyador, però quan veig algun noi guapo que neda pel meu voltant, em baixo el banyador a dins de l'aigua, i em quedo despullada.
Un dia ho vaig fer i estic segura que el noi que anava amb ulleres de piscina i això em va mirar. Em posa molt saber que m'està mirant despullada.

Noia, 17 anys

He tingut 2 nòvios i quan ja feia temps que estava amb ells els demanava que em fessin pollazos a la cara, que em piquessin el front o les galtes amb la polla. Jajajaja. No sé per què però em posa molt, i la cara que se'ls quedava era molt bona perquè jo soc una noia més aviat tímida i que no destaca. El que passa és que quan tinc confiança amb algú tinc zero vergonya.

Noi, 16 anys

Sempre que pixo en els lavabos de paret i hi ha altres nois pixant, no puc evitar mirar-los el penis de reüll i comparar-lo amb el meu. Puc dir que estic de la mitjana cap amunt de mida. Jajajajaja.

Noia, 15 anys

De vegades agafo el raspall de dents elèctric del meu germà i me'l poso al txitxi! Em posa molt, però després em fa molta cosa quan el veig fent-lo servir...

Noi, 16 anys

Quan estic sol a casa em vesteixo amb un tanga de ma mare i un sostenidor i llavors em masturbo. No sé, és relaxant...

Noia, 17 anys

Avui l'hi he acabat menjat al meu nòvio al mig del carrer (ens hem ficat a l'entrada d'un pàrquing). Només portem dos mesos, no sé si és normal...

Noi, 18 anys

Tinc l'obsessió de posar-me cada nit un mitjó al penis i masturbar-me, em relaxa molt i em fa dormir millor. Ho heu de provar. XD

Noia, 17 anys

Em posa molt una redactora d'Adolescents.cat...

Noia, 15 anys

Estic coneixent un noi, i amb ell intento semblar innocent i bona noia, però, en realitat, no sap quants pensaments "bruts" tinc amb ell. Jajaja. Crec que s'espantaria si veiés les coses que li faig (i em fa) a les meves escenes imaginàries!

Noia, 17 anys

M'agrada olorar la roba interior de la gent, és una mania que tinc. Normalment ho faig quan tenim piscina i tothom va a l'aigua i jo em quedo un rato i busco roba interior de les meves companyes de classe i la començo a olorar.

Noi, 15 anys

Una nit que em vaig passar bevent a una festa em vaig acabar liant amb un fanal. El dia després els meus amics em van ensenyar un vídeo... Vaig flipar com movia el cul i com m'ho prenia en serio. Jajajaja.

Noi, 16 anys

Tinc un amic que sempre va marcant paquet. A mi això em posa molt calent i sempre l'hi miro.

Noia, 15 anys

Quan estic sola a casa, i m'entren ganes de liar-me amb algú però en aquell moment no tinc l'ocasió de fer-ho, faig veure que la paret és el noi que em mola, i em lio amb la paret.

Noia, 18 anys

M'encanta practicar el sexe fora de casa (parc, bosc, un portal) perquè em posa molt calenta. Crec que tinc un problema perquè em calento molt ràpid i he arribat a fer-ho fins a 10 cops en un dia amb el meu follamic.

Noia, 17 anys

Quan estic sola a casa em poso Nutella als mugrons i intento llepar-me'ls.

Noia, 16 anys

L'altre dia una amiga es va quedar a dormir a casa meva i quan ella estava mig adormida em vaig posar a sota el meu edredó a fer-me dits i no se'n va adonar.

Noia, 15 anys

Sempre m'imaginava escenes de sexe amb personatges ficticis mentre dormia i ara cada cop que ho faig amb un noi penso en algun personatge d'alguna sèrie per calentar-me.

Noia, 16 anys

A casa meva tenim un massatjador d'esquena que vibra i el faig servir de vibrador, dona molt de plaer. Els meus pares em volen portar al físio perquè diuen que no és normal que el faci servir tant... Sempre els dic que em fa mal l'esquena. XD

Noia, 17 anys

En uns campaments vaig dutxar-me amb una amiga i al acabar, en plan conya, vam començar a restregar-nos els pits. Des d'aquell dia no la veig igual i no tinc tan clar que siguem només amigues.

Noia, 17 anys

El cap de setmana passat em vaig liar amb un amic meu i vam acordar no dir-ho a ningú per no complicar les coses. La veritat és que em moro de ganes de fer-ho un altre cop i no sé com dir-l'hi.

Noi, 15 anys

Soc de Suècia i he de confessar que em posa molt calent que els meus amics imitin el meu accent. No sé si és normal però no ho puc evitar...

Noi, 15 anys

Em posa calent que em diguin coses cursis. La setmana passada, en una trucada amb una noia que ens agradem mútuament, em va començar a dir que era moníssim i més coses boniques, em vaig ficar vermell i se'm va empalmar la polla. Mentre ella em deia de tot per la trucada em vaig fer una palla.

Noia, 14 anys

A vegades em poso Tampax sense tenir la regla perquè em dona plaer. Mai ho he explicat a ningú pel que puguin pensar.

Noia, 15 anys

Me mare no sap que em nego a portar bràquets perquè m'encanta practicar sexe oral i no vull fer mal al meu nòvio.

Noia, 15 anys

Un dia vaig arribar a casa els avis i al obrir la porta em vaig trobar el meu avi corrent totalment despullat i la meva iaia a la cuina morint-se de riure... No vull pensar què estava passant allà...

Noia, 15 anys

Em masturbo olorant els sostenidors de la meva mare.

Noia, 16 anys

Una vegada em va donar per masturbar-me amb un plàtan... La cosa és que la meitat se'm va quedar dins i no sortia... Vaig anar al ginecòleg amb el meu pare... Imagineu la cara dels dos..., sobretot del meu pare. :S

Noia, 17 anys

Depèn dels pantalons que porti quan creuo les cames em dona plaer i em poso calenta. Quan porto aquells pantalons em passo les classes creuant i descreuant les cames. Jajaja.

Noi, 16 anys

Pensava que era hetero, però quan veig dos homes fent-se petons em posa molt! Ara crec que soc bisexual...

Noi, 15 anys

L'hi vaig xupar al meu millor amic al lavabo de casa d'una companya de classe mentre fèiem un treball de naturals tot i que soc hetero.

Noia, 15 anys

Quan estic estudiant em concentro més si mentrestant em toco els pits.

Noi, 15 anys

Faig gimnàstica i soc molt flexible. Fa un any més o menys vaig provar si m'arribava amb la boca a la polla i me l'he xupat jo mateix moltes vegades. Soc hetero.

Noia, 15 anys

Tinc un cartró de mida real del Marc Márquez, hi he enganxat una po**a de plàstic amb ventosa i quan estic sola a casa faig veure que se'm fo**a. Després amago la po**a i semblo una bona nena fan seva.

Noia, 18 anys

Estic fent pràctiques de cotxe amb l'autoescola i em dona molt de morbo agafar el canvi de marxes. A algú més li passa? M'imagino que és una cacho polla.

Noi, 17 anys

La meva nòvia es va enfadar molt amb mi perquè un dia en plan broma li vaig donar un pollazo a la galta mentre dormia per despertar-la.

Noi, 16 anys

És difícil d'entendre: no m'agraden els tios però sí que m'atrauen els penis.

Noia, 15 anys

Em feia vergonya anar a comprar un consolador. Vaig robar fang a la classe de plàstica i em vaig fer una polla de fang. Hi poso condons i la xupo dos cops per setmana.

Noi, 15 anys

Vaig veure les tetes de la mare del meu millor amic. Tot sovint li dedico una palla.

Noia, 16 anys

Una vegada vaig anar a casa del meu nòvio i vaig pillar el seu pare masturbant-se al lavabo.

Noia, 16 anys

Quan em quedo sola a casa escolto reggaeton i ballo sensual. Al final m'acabo posant molt calenta i em masturbo mirant vídeos porno de lesbianes. Ningú sap res.

Noia, 15 anys

Em poso molt calenta llegint aquests apartats d'Adolescents.cat, més d'un cop m'he arribat a tocar.

Noia, 17 anys

Em moro de ganes de provar un txitxi. No soc lesbiana però penso que s'ha de provar tot.

Noia, 14 anys

Sempre que em dutxo poso música i abans d'entrar-hi faig balls sexys davant del mirall mentre em trec la roba.

Noi, 16 anys

Un dia que estava sol a casa vaig posar el penis dins de la peixera i els peixos petits s'acostaven. Em va donar molt morbo i ho he fet més d'una vegada.

Noia, 17 anys

L'altre dia una amiga meva es va quedar a dormir a casa perquè jo estava sola. Vam començar a mirar *50 sombras de Grey* i ella va començar a fingir orgasmes i a mirar-me i aleshores jo també em vaig posar calenta i ens vam liar. Ens vam masturbar mútuament.

Noia, 16 anys

Cada vegada que estic a classe i el professor em mira em poso la jaqueta sobre de les cames per tocar-me sense que ningú se'n doni compte. Em dona molt morbo.

Noi, 15 anys

La meva nòvia últimament em posa ketchup abans de menjar-me-la. Diu que li agrada pensar que és un frankfurt.

Noi, 18 anys

Em faig palles dins el llit, i per no aixecar-me, perquè estic massa relaxat i tal..., doncs m'eixugo amb les mantes. Quan em desperto, a vegades tinc el pijama tacat i la meva mare em pregunta que per què estic tacat i li dic que deu ser llet, perquè sempre en bec per anar a dormir.

Noi, 17 anys

En una festa amb el nostre grup d'amics, vam beure molt, i quan tots ja estaven dormint em vaig quedar jo amb un amic del grup sols al menjador de casa la seva iaia. Li vaig acabar menjant al sofà de la seva àvia a les fosques. Ningú ho sap. Ell és hetero i jo bi.

Noia, 17 anys

Suposo que com molta gent, tinc una flauta la meva habitació perquè al cole ens la van fer comprar quan tenia 10 anys o així. Doncs l'altre dia vaig sentir que el meu germà l'estava tocant (la meva mare li havia donat la meva perquè els hi feien tocar a classe) i em vaig traumar molt. Ningú sap que més d'un cop l'he fet servir per masturbar-me i no l'he netejat mai...

Noi, 16 anys

La mare del meu veí (ell té la meva edat) em posa molt i està molt bona. Un dia va sortir de la dutxa i vaig veure com es canviava des de la meva finestra (li vaig veure tot). Ara sempre que em pajo penso en ella.

Noi, 16 anys

Hi ha un tio de natació que és superguapo i el veig sempre. Un dia jo m'estava dutxant i el vaig veure allà despullat. Se'm va empinar un munt i vaig haver de marxar perquè estava fent el ridícul.

Noia, 19 anys

El meu nòvio i jo vam gravar-nos masturbant-nos l'un a l'altre i també follant. Fa dos dies van entrar a robar a casa i es van emportar la meva càmera i a dins hi havia el vídeo... Tinc por que surti a la llum.

Noi, 16 anys

La meva germanastra i jo estem liats fa mig any o així (el meu pare i la seva mare són parella i ara viuen junts). Com que alguns dies coincidim ella i jo, algunes nits (quan dormen els pares) vaig a la seva habitació i ens acabem liant. Ells no ho saben i això hi dona més emoció.

Noia, 17 anys

Tinc un mapa amb les comarques de Catalunya i vaig pintant-les a mesura que m'enrotllo amb algú d'aquella comarca, en porto 9.

Noi, 17 anys

Els l'he menjat a nois del meu institut i ningú ho sap perquè tots els nois han guardat el secret ja que jo soc homosexual i 3 d'ells són heterosexuals però volien provar coses noves.

Noia, 15 anys

Cada dia a les 23.00, el meu veí de davant, que té 18 anys, arriba de treballar i molts dies em poso despullada a la finestra amb el llum obert perquè em vegi. Sé que algun dia m'ha vist i això em posa molt.

Noia, 15 anys

Quan em canvio de roba al vespre m'agrada deixar la cortina una mica oberta perquè algun veí em vegi i m'imagino que estic en una d'aquelles pelis que els tios miren d'amagat i tal. :3

Noi, 16 anys

Vam anar a sopar amb els amics al Burger King. El Decathlon estava a prop i les tendes de mostra estaven a fora. Em vaig liar amb una amiga i vam acabar fol*ant en una de les tendes. Jajajaja.

Noia, 17 anys

Tinc nòvio i l'estimo molt però em moro de ganes de liar-me amb una tia, tinc ganes de provar-ho.

Noia, 16 anys

La setmana passada vaig quedar-me a dormir a casa de la meva millor amiga. Estàvem soles a casa, vam començar a jugar al "Jo mai mai" versió HOT i ens vam posar molt calentes. Total, que ens vam anar traient roba fins que vam estar despullades, ens vam liar molt sensualment i finalment ens vam masturbar. Ara sempre ens fem miradetes picants i ens acariciem mútuament. Ella té nòvio i som heteros però ens va encantar i segur que ho repetim.

Noi, 17 anys

M'estic tirant un tio que porta més de 4 anys amb nòvia i ningú ho sap.

Noi, 15 anys

La meva mare va contractar un noi de 18 anys perquè em fes classes de repàs de matemàtiques. Ens hem enamorat i ara cada vegada que ve a casa ens acabem liant.

Noi, 16 anys

Vaig anar a casa del meu millor amic i ens la vàrem menjar. Cap dels dos som gais ni bisexuals. Va ser per curiositat.

Noi, 17 anys

Porto més de 2 anys enamorat del meu millor amic, jo soc gai. La nit de Carnaval vaig dormir a casa seva. A l'ascensor de broma li vaig tocar la polla i no es va apartar, un cop a la seva habitació li vaig tornar a tocar i no deia res i l'hi vaig acabar menjant. No hem parlat més del que va passar.

Noia, 14 anys

A vegades em fico un boli una mica pel txotxo. Fa poc un noi a classe em va demanar un boli i quan me'n vaig adonar el tenia a la boca. Justament era el noi que m'agrada. Es pot dir que m'ha menjat el txitxi? LOL.

Noi, 16 anys

Fa poc que tinc nòvia i hem parlat de fer sexe oral. Com que no ho he fet mai fa dies que practico amb un musclo (perquè sembla un cony) que poso entre les cames d'una nina de ma germana.

Noia, 15 anys

Quan em dutxo em morrejo amb la mampara de la dutxa.

Noia, 16 anys

Vaig molt necessitada, va en serio.

Noia, 15 anys

Vaig anar al cine amb un noi amb el que tontejava i em va fer dits mentre miràvem Ice Age. Ara cada cop que fan la peli per la tele o algú en parla em poso calenta perquè recordo aquell moment.

Noi, 15 anys

M'agrada veure a la gent despullada. Estic anant al gimnàs, i em passo tot el rato despullat anant per el vestuari per veure la gent. Molts dies ni vaig a fer màquines.

Noi, 16 anys

De vegades em poso molt calent llegint relats de sexe.

Noia, 16 anys

M'agrada masturbar-me amb vegetals. Ho faig amb les pastanagues i després les dono al meu conill, em dona molt de morbo.

Noia, 19 anys

Vaig examinar la motxilla d'un noi que es quedava a dormir a casa d'una amiga meva per mirar si portava condons per tirar-se-la. Em sentia com els polis de l'aeroport. Jajaja.

Secrets Frikades

Noi, 16 anys

Quan faig caca penso que estic en un part i poso noms a la meva merda i dic si és nen o nena.

Noia, 13 anys

Tinc una estranya mania de quan me'n vaig a dormir. Li donc un petó a cada peluix que tinc a sobre del llit, i pel matí també quan faig el llit els hi dono un petó de bon dia a tots. És normal?

Noi, 16 anys

La meva cançó preferida és la d'en Doraemon. A vegades vaig al metro tot motivat amb els auriculars i la gent es pensa que escolto música "normal", però en realitat sona Doraemon. "Mira, mireu les floooors, com brillen amb el sol..."

Noia, 14 anys

Soc molt fan de Rubius. A vegades m'imagino que soc la seva nòvia i que fem vídeos junts. Una vegada vaig fer el yoga challenge, amb figures de parella jo sola, molt depriment....

Noia, 15 anys

Sempre que penso toca fusta (l'expressió perquè les coses vagin bé), he de tocar fusta de veritat, soc capaç de deixar una conversa per anar a tocar dissimuladament fusta. Sé que sona estrany...

Noia, 15 anys

Sempre quan em vaig a dutxar, em poso nua davant el mirall i em miro el cony, crec que és estrany i que tenc massa pèl per això a cops me'l retallo perquè així em sento més normal.

Noia, 15 anys

Des de ben petita he creat un món imaginari en què visc paral·lelament. Està dividit en quatre submons i cadascun pertany a una sèrie o pel·lícula que he vist al llarg de la meva vida. El meu somni seria que existís de veritat i poder-me escapar quan a la vida real hi haguessin problemes.

Noi, 17 anys

Tinc la mania de ficar el cap a dintre el congelador durant 3 minuts sempre que haig d'estudiar. Penso que així el cervell estarà més fresc per poder estudiar tota la matèria.

Noia, 18 anys

Amb la meva germana col·leccionem cera de les orelles i li donem forma de cub. Ja portem uns 10 cm de cub de cera.

Noia, 15 anys

Quan vaig sola pel carrer i no puc parlar amb ningú, agafo el mòbil i em poso a parlar sola fent veure que parlo amb algú i així no m'avorreixo.

Noia, 15 anys

Quan em ve la regla, no sé per què però m'agrada olorar la meva compresa utilitzada, sé que és asquerós, però ho faig.

Noia, 13 anys

Normalment em dutxo amb ulleres d'aigua perquè no m'entri el sabó als ulls. PD: algú més ho fa?

Noia, 15 anys

Quan vaig al lavabo agafo els fluids que tinc a les calces amb l'ungla i els enganxo a la paret.

Noia, 14 anys

De vegades em sembla que hi ha fantasmes a casa, i quan no hi ha ningú agafo l'aspiradora i faig veure que soc una caçafantasmes, així em quedo més tranquil·la.

Noi, 15 anys

Quan estic sol a casa m'agrada fer el gat: bec llet d'un bol, jugo amb una bola de llana i m'acaricio amb el sofà, jajaja. Ningú ho sap i em fa vergonya explicar-ho jajajajajajajajajajaaa. Ho faig d'amagat perquè els meus pares no em vegin perquè, si no, es pensarien que estic boig, jajajaja.

Noia, 15 anys

Quan no hi ha ningú a casa meva, em trec tota la roba, poso totes les nines de quan era petita en fila, agafo el pal de l'escombra i faig veure que soc una stripper.

Noi, 16 anys

Quan em quedo sol a casa, poso música a tot volum. Més d'una vegada he arribat a tal punt d'excitació que he acabat fent-li twerking al meu lloro amb una cançó de la Beyoncé.

Noia, 14 anys

Quan estic sola a casa, em poso els vídeos de la Sia on balla la Maddie Zeglier i l'intento imitar. Un dia em vaig gravar i semblo un zombi comparada amb ella.

Noia, 18 anys

Quan estic en llocs públics miro de reüll les persones per veure si tenen grans i/o punts negres. Si en tenen m'imagino petant-los, crec que tinc un problema.

Noia, 14 anys

No sé si us passarà a vosaltres també, però a vegades em toco el melic amb el dit i després me l'oloro, no sé per què però m'agrada l'olor, jeje.

Noia, 14 anys

Des de que vaig veure el final de *Merlí* sempre que vaig al vàter em dona por que se'm caigui la cisterna al cap i intento no anar a llocs que hi hagi el vàter amb la cisterna penjant.

Noia, 13 anys

Sempre quan estic a la piscina, de casa o una pública em tiro molts pets. Perquè ningú ho noti el que faig és que m'enfonso i deixo anar bombolles amb la boca i amb el nas. Després si em pregunten si m'he tirat un pet (per les bombolles jajaaja) sempre dic que no.

Noia, 15 anys

Quan estic a la dutxa m'agafo el txitxi amb les mans i faig veure que és un titella simulant converses i històries. A vegades faig obres de teatre! Soc molt raraaa XD.

Noia, 14 anys

Quan m'estresso menjo pasta crua i el soroll que fa al trencar-se em relaxa.

Noia, 14 anys

Quan jo baixo les escales del meu pis corro com si algú em volgués matar. Ningú sap que ho faig i porto 6 anys fent-ho.

Noia, 16 anys

Em vaig posar una cirera al cul i després la vaig treure!! Ara també m'hi poso un pintallavis!! M'encantaa!!

Noia, 17 anys

Un dia que estava sola a casa em vaig escanejar el cul però no va sortir el full i l'endemà quan la meva mare va anar a imprimir li va sortir el meu cul. No sabia quina excusa inventar-me.

Noi, 19 anys

Tinc un tic molt gran i és que abans de travessar un carrer haig de fer un petó al semàfor perquè així estic segur que no m'atropellaran.

Noia, 13 anys

Semblarà estrany, ho sé, però m'encanta!!! Quan estic sola a casa agafo una manta i m'embolico dins (com si fos un caneló). I faig veure que soc un cuc de terra. És divertit i normalment em passejo per tota la casa fent de cuc, inclús baixo escales!!!!

Noia, 15 anys

Soc addicta a pintar-me els pèls del txitxi amb subratllador i a vegades em queden marques de tinta a les calces i la meva mare sempre em pregunta de què és.

Noia, 17 anys

Quan vaig de concert sempre robo els gots de la gent que va borratxa. Soc com una ninja, aviat en tindré 60. Els tinc a sobre l'armari com si fossin trofeus.

Noi, 14 anys

Quan estic sol a casa agafo cordill i el lligo de punta a punta de l'habitació. M'agrada passar pel mig com si fos un agent secret i a vegades fico la música de fons.

Noia, 15 anys

Quan era petita, just després de fer la comunió, demanava a Déu, quan em venia la caca, que fos tova.

Noi, 14 anys

Quan vaig a algun centre comercial m'agrada tocar el paquet als maniquins. No li he dit a ningú, però crec que més gent ho fa.

Noia, 14 anys

A vegades quan estic a casa sola em vesteixo amb un vestit, em faig una trena, agafo un altaveu i poso a tot volum una cançó de Frozen o Rapunzel. Començo a ballar i a córrer pel passadís com si ho estigués vivint. Em motivo MOLT.

Noia, 15 anys

Des de que vaig començar a veure The Walking Dead em faig paranoies quan vaig sola pel carrer pensant-me que estic en un apocalipsi de "caminantes".

Noi, 17 anys

Cada matí, a les 7.30 em desperto expressament perquè després em dongui temps a veure Doraemon, m'encanta i ningú ho sap.

Noia, 14 anys

Tinc un gran complexe amb el meu nas, perquè no està del tot recte, i a les fotos de perfil sempre me l'edito amb photoshop.

Noia, 17 anys

M'oloro les calces, m'encanta la meva olor íntima.

Noia, 17 anys

Quan estic sola a casa i toco aigua i imagino que em surt una cua de sirena com a H2O. També tinc l'esperança que algun dia em passarà de veritat. Jajajaja.

Noi, 16 anys

A vegades em quedo al pati sol a la classe i dibuixo a la pissarra una polla i faig que me la menjo.

Noia, 16 anys

A vegades m'imagino que la meva vida és com un reality show i quan estic a casa sola faig veure que estic a GH i mola que flipes, jajajaja. Munto uns pollos cridant de la hòstia.

Noia, 14 anys

Sempre que surto del lavabo em poso la tovallola en pla vestit de gala i començo a dir un discurs davant el mirall.

Noi, 15 anys

M'agrada molt rascar-me els testicles amb una forquilla i després tornar-la a deixar al calaix sabent que algú de la meva família hi menjarà.

Noia, 16 anys

Sempre m'ha agradat molt la cuina i quan em quedo sola a casa faig veure que tinc un restaurant. Prenc nota a clients imaginaris a la taula del menjador i després vaig a la cuina a fer el menjar que m'han demanat tota estressada i cridant "oído cocina". Sí, estic una mica boja, jajaja.

Noia, 16 anys

Últimament cada cop que em masturbo, quan acabo em dic a mi mateixa: "claro que sí, wapi". Jajajaja! No estic bé del cap, ja ho sé.

Noi, 15 anys

Un dia sol a casa em vaig escanejar la polla (amb els ous inclosos) per veure com quedava. Ho tinc guardat en una carpeta.

Noia, 13 anys

Tinc la mania de pensar que si faig alguna cosa, se'n complirà una altra i a vegades penso "si aconsegueixo trepitjar 5 fulles en 3 segons, es complirà" i em poso com una tonta a fer-ho i no paro fins que em surt. És molt estrany però és com un tic nerviós que tinc.

Noia, 13 anys

Quan em va sortir el primer pèl al txitxi, me'l vaig tallar i el vaig plastificar amb celo. Encara el guardo.

Noia, 15 anys

El meu animal preferit és l'ovella i quan estic sola a casa agafo tots els abrics de pell que té la meva mare i me'ls caragolo al cos com si fos llana d'ovella i faig el soroll de l'ovella, m'encanta. Un dia vaig arribar a fer-ho 2 hores i mitja.

Noia, 15 anys

Tinc una addicció al celo, m'encanta. Un dia que estava sola a casa vaig embolicar-me tota de celo i justament van entrar el nòvio de ma germana i ella a casa. Des d'aquell moment no em deixen agafar més el celo.

Noia, 16 anys

Quan era petita m'encantava Patito Feo. En un capítol, el Leandro podia saber el que pensava la gent. Des d'aquell dia, quan poso a parir algú en els meus pensaments, després els tiro algun piropo per si m'estan sentint.

Noia, 16 anys

Últimament no paro de parlar sola, penso una pregunta i la responc en veu alta. Puc mantenir converses amb mi mateixa de mitja hora, i l'altre dia un home em va veure i es va quedar flipant.

Noia, 15 anys

A vegades quan vaig pel carrer sola i és tard m'imagino que algú em persegueix i un cop arribo a la porta de casa i entro em poso a respirar molt fort com si estigués en una peli.

Noia, 17 anys

No sé si us passa, però a vegades mentre estic a la dutxa m'omplo d'aigua la boca i faig veure que soc una font, però d'aquestes guais, eh! Res de fonts cutres. Ho faig rotllo piromusical de la Mercè amb el ritme de la música.

Noia, 16 anys

Quan em dutxo em poso reggaeton i em fico a fer twerking en boles a dins la dutxa. La cosa és que estava jo tota motivada fent twerking, vaig relliscar a dins la banyera i vaig caure picant contra la paret i em vaig fer un tall al front. Ara porto quatre punts i em quedarà una cicatriu al front, podré dir que porto el reggaeton a la pell XD.

Noi, 16 anys

Estic enganxat a una sèrie sobre llops i vaig corrent per casa com un home llop. L'altre dia em va pillar la dona de fer feines. Alguna vegada també m'amago a les golfes i començo a fer soroll. Em mira sempre espantada, crec que es pensa que estic posseït.

Noia, 17 anys

Fa una setmana vaig anar de festa i em vaig passar amb el beure... Total, que em va pillar una paranoia i em vaig posar a suplicar al meu millor amic que em deixés menjar-li la po**a. Ell, supermaco, em va dir que no, i em va acompanyar a casa mentre jo plorava desconsolada preguntant-me en veu alta per què no em deixava, jajaja. M'ho ha explicat tot ell, jo no recordo res.

Noia, 14 anys

Quan haig d'estudiar, fins que no acabo un tema no contesto al noi que m'agrada, així no li contesto massa d'hora. El faig esperar i em motivo per estudiar, jajajaja.

Noi, 16 anys

M'agrada molt el mar i quan a l'hivern estic molt estressat i trobo a faltar l'estiu, omplo la pica de la cuina plena d'aigua i fico el cap a dins amb les ulleres i el tub de snorkel un rato. Allà trobo la pau... No és broma.

Noi, 15 anys

Quan els meus pares no hi són pujo a la teulada i faig com si fos d'Assassin's Creed (rotllo ninja). No salto ni res, però corro per sobre les cases dels veïns. Un dia un iaio que passava pel carrer se'm va quedar mirant. XD

Noi, 16 anys

Quan vaig pel carrer amb música em crec que soc un supermodel, camino com si estés a la passarel·la i miro a tothom com si jo fos superior. Després, quan em trec la música se'm baixen els fums molt fortament i la gent em mira estrany.

Noia, 14 anys

Des de ben petita que em menjo els mocs i no sé com parar-ho. Em fa molta vergonya dir-ho i sé que és fastigós, però no ho puc evitar.

Noia, 15 anys

Sempre que surto de festa al llarg de la nit vaig gravant notes de veu amb el mòbil de les coses que vaig fent, perquè així al dia següent les escolto i recordo tot lo que vaig fer (ja sé que és una mica friki XD).

Noia, 14 anys

Quan ve la meva amiga a casa fem massa el pena: ens posem a ballar retardadament i ens tirem per terra... La veritat és que és lamentable, jajaja.

Noia, 16 anys

A la meva habitació tinc una pissarra de quan era petita. Ara, quan tinc algun examen agafo les nines que encara guardo, les assec sobre el llit com si fossin els meus alumnes i els faig classe com si fos la seva professora. Això m'ajuda a aprendre'm la lliçó. Sí, estic fatal.

Noia, 15 anys

Estic constantment tocant-me el txitxi, no puc evitar-ho i és completament involuntari. Em desenredo els pèls, me'l remeno, m'hi faig massatges... És una obsessió i un problema, crec. Algú més ho fa?

Noia, 15 anys

M'encanta l'olor que fa la rentadora i sempre li dic a la meva mare que fico jo la rentadora i així i puc ficar el cap a dins i olorar-la.

Noia, 17 anys

No sé si soc l'única noia que es troba pèls del cap al cul després de dutxar-se. Quan me'ls trec em fan pessigolles.

Noia, 14 anys

Cada nit quan vaig a dormir em poso tots els ossos de peluix que tinc al llit amb mi perquè cap se senti exclòs.

Noia, 16 anys

Tinc 16 anys i encara miro i escolto Violetta del Disney Channel, m'agrada molt. Algú més ho fa??

Noia, 14 anys

M'agrada molt l'olor de noi i em vaig comprar una colònia d'home d'amagat. Cada nit en fico una mica al coixí i dormo abraçada a ell i l'oloro. Em relaxa i fa que dormi millor.

Noi, 13 anys

Quan hi ha una mosca volant i molestant-me la començo a amenaçar dient-li que si no para de molestar la mataré. És molt absurd però és una cosa que sempre he fet, jajaja.

Noia, 17 anys

Quan estic sola a casa em poso Nutella als mugrons i em xoco contra el mirall del lavabo. Miro la marca que deixo i penso que soc una artista.

Noia, 13 anys

M'encanta analitzar el subconscient i tinc a la majoria dels meus amics analitzats, sé què pensen i per què fan cada cosa abans de que la facin, faig experiments per mirar com reaccionen a vàries coses, vaig estar pensant en fer un llibre amb una pàgina per cada persona on hi escric el que crec i predic de cada una d'elles, però al final no ho he fet perquè tinc por de que algú ho vegi, lo pitjor és quan m'analitzo a mi mateixa, és una roda sense fi.

Noia, 13 anys

A vegades quan m'avorreixo al bus de camí a classe miro a la gent i m'imagino que són personatges de sèries i els poso noms i m'invento històries. Ara tinc un drama amorós muntat entre una noia que sempre va mirant el mòbil i un noi que sembla supertímid. Vull que es coneguin a la vida real!

Secrets
Pares

Noia, 14 anys

La meva mare està sortint amb una noia! Ara ho he explicat a les meves amigues més íntimes, però portava 5 anys guardant aquest secret.

Noi, 15 anys

L'altre dia li vaig demanar el mòbil a mon pare per buscar una persona al Facebook. Vaig fer captures del seu perfil i me les vaig passar per WhatsApp. Fins aquí tot normal, el cas és que quan vaig entrar al meu xat i vaig posar la galeria per enviar-me les fotos, vaig veure que el meu pare tenia una foto d'una pol*a i el pitjor és que els llençols que estaven al voltant són els mateixos que tenen al llit els meus pares actualment. Des de aquest moment no sé què pensar.

Noia, 14 anys

Guardo menjar a la meva habitació des de que va venir el fill del nòvio de la meva mare i s'ho menja tot. Ma mare no sap res del menjar. Jajaja.

Noia, 15 anys

Els meus pares es van divorciar. Em vaig quedar a dormir un dia a casa del meu pare i a les 4AM vaig escoltar uns sorolls que em van despertar. Resulta que el meu pare s'estava follant amb una altra i a sobre a l'habitació de la meva germana. Ell creu que no ho sé, però m'ha quedat un trauma.

Noia, 15 anys

El meu germà i jo amaguem un gat a un dels armaris de casa. Els meus pares es passen el dia treballant, així que no sospiten res.

Noia, 13 anys

Ser que els meus pares estan tenint relacions sexuals amb altres parelles i faig com sinó sàpigues res, i això és MOLT DUR! :(

Noia, 14 anys

Sempre m'han agradat nois diferents i he estat a punt de sortir amb algun d'ells, però no ho he fet per por, ja que la meva mare diu que no tinc edat tenir nòvio perquè "és de p*tes" i, si en tinc, em fotrà fora de casa.

Noia, 15 anys

Fa poc vaig conèixer el meu pare, la veritat és que al principi, en veure'l, em vaig emocionar, però després em vaig adonar que només volia apropar-se a mi per tornar amb la meva mare! Jo no li importo. Per això ara quan truca no vull parlar amb ell.

Noia, 14 anys

La meva mare se'n va anar de viatge amb les seves amigues, i la vaig escoltar dient que allà es follarà a un munt de tios. Em fa por que el meu pare se'n enteri i es separin.

Noia, 17 anys

A vegades em fa por entrar a l'habitació de la meva mare per si s'està masturbant.

Noia, 14 anys

Cada nit els meus pares es pensen que me'n vaig a dormir cap a les 22.45h, però, en realitat, estic mirant anime fins les 3 de la matinada. Aquesta merda enganxa molt. El millor de tot és que fins i tot m'han comprat medicaments per dormir per recomanació del metge perquè "em noten cansada".

Noia, 14 anys

Els meus pares moltes vegades fan comentaris racistes, a mi no em fa gens de gràcia i moltes vegades m'avergonyeixo d'ells... El que no saben és que el meu millor amic és musulmà.

Noia, 16 anys

La meva mare es creu que soc tonta i que ella pot fer el que vulgui, però en realitat no. Sé des de fa 4 anys que té un amant i a sobre té un diari on escriu tot el que li passa i el que ens passa dins la família i amics. Em fa fàstic, però me la suda. "Se pilla antes a un mentiroso que a un cojo".

Noia, 15 anys

Els meus pares trafiquen amb droga a Barcelona. A vegades em sento malament pel que fan ells, però són els meus pares...

Noia, 17 anys

Aquest matí, he agafat un anell molt car que té la meva mare amagat a la seva habitació i me l'he emprovat, el problema és que ara no me'l puc treure. No sé què fer... He anat a classe amb una tirita al dit fent veure que m'he tallat.

Noia, 15 anys

Molts cops ve el meu nòvio a casa i ma mare pensa que només som amics. No sap que quan tanquem la porta allò es converteix en un putiferi.

Noia, 15 anys

Els meus pares estan separats des de fa uns anys i l'altre dia vaig entrar a casa i vaig veure la meva mare tocant-se amb la mare d'una amiga meva i al revés. La meva amiga encara no ho sap, no sé si dir-l'hi.

Noia, 16 anys

Soc d'una família musulmana. Els meus pares creuen que no he estat amb cap noi per no cometre cap pecat mentre el que no saben és que soc lesbi i que els caps de setmana vaig a casa d'una amiga i ens liem allà. No m'imagino com reaccionarien si ho sabessin.

Noia, 14 anys

Volia tenir un/a germanet/a i vaig foradar tots els condons dels meus pares. Ara a ma mare no li ve la regla i estic molt preocupada.

Noia, 16 anys

Un amic i jo denominem "cable" als pitis perquè no ens pillin a casa. Avui la meva mare m'ha comprat un carregador de mòbil nou i quan li he preguntat, m'ha dit que em va sentir parlant per telèfon dient que no tenia cables.

Noia, 16 anys

Els meus pares no els agraden gens els gats. Pel meu barri hi ha un gat de carrer, cada dia li dono menjar i a la nit entra a dormir a casa en un coixí que li he preparat. Els meus pares no ho saben, i ja porto tres mesos fent-ho.

Noia, 15 anys

Tinc un profe que viu un carrer més avall que el meu però compartim pàrquing, i un matí ma mare va donar un cop al seu cotxe i no l'hi vam dir, i va arribar superenfadat al cole...

Noia, 16 anys

Moltes vegades m'invento que me'n vaig a dormir a casa d'amigues per quedar-me a la del meu nòvio. M'he inventat tants noms d'amigues que crec que els meus pares pensen que soc superpopular. Però no.

Noia, 15 anys

Per Nadal els meus pares em van regalar condons, el que no saben és que soc lesbiana. XD

Noia, 16 anys

Sé al 100 % que el meu pare li està ficant els "cuernos" a la meva mare. No ho he dit a ningú per no fer mal a la meva mare ni al meu germà petit.

Noia, 16 anys

Fa uns mesos em vaig fer una rasta i els meus pares no en saben res, quan arribo a casa me la lligo amb un clip sota el cabell.

Noia, 16 anys

Em canvio de roba a l'insti. O sigui, marxo de casa amb una roba i a l'insti vaig amb una altra.

Noi, 15 anys

M'he fet un piercing al penis i els meus pares no ho saben, i si se'n enteren, em maten.

Noi, 14 anys

Cada dia miro la caixa de preservatius dels meus pares per saber si han fet l'amor per la nit.

Noia, 15 anys

Li robo els tangues a la meva germana per posar-me'ls i els amago en el meu calaix perquè em fa vergonya demanar-li als meus pares.

Noi, 15 anys

A vegades surto al carrer a tocar el meu instrument (musical) per diners, ja porto 300 euros. Els meus pares no ho saben.

Noia, 15 anys

M'agraden les noies però no els hi puc explicar als meus pares perquè es posen a criticar als homosexuals quan els veuen.

Noia, 12 anys

Em vaig presentar a Masterchef d'amagat sense dir res als meus pares. Vaig fer el vídeo sola i em van seleccionar. El següent pas era anar a Barcelona i per por a dir el que havia fet als meus pares, no hi vaig anar.

Noi, 19 anys

Els meus pares pensen que som una família cristiana i molt religiosa, però la veritat és que soc gai des dels 11 anys. És molt dur no poder parlar-ho amb ells perquè són incapaços d'entendre que un noi pugui estimar a un altre noi.

Noia, 15 anys

Cada dia trec una mica d'alcohol de les ampolles de vodka i altres del meu pare. Ara tinc ampolles gairebé senceres per mi.

Noia, 16 anys

Un dia quan estava sola a casa em vaig masturbar amb un carabassó, el vaig tornar a deixar al seu lloc i no hi vaig pensar més. El dia següent quan van tornar els meus pares se'l van menjar sense saber res.

Noia, 17 anys

Els meus pares sempre em diuen que no puc fer-me cap tattoo. Amb un permanent em vaig fer un cor molt ben fet al canell i els vaig dir que me l'havia tatuat. No es van enfadar i la meva mare va dir que almenys era bonic. El dia següent vaig anar a fer-me'l de veritat.

Noi, 16 anys

La meva mare em compra els condons, però no em diu res i els deixa al meu escriptori. El problema és que no m'hi caben (em van petits) i acabo llençant-los... No sé com dir-l'hi...

Noia, 14 anys

Els meus pares, per castigar-me, em treuen el compte del Netflix (que és el seu) i així jo no puc mirar pel·lis ni sèries per allà. El que no saben és que em sé la contrasenya i cada tarda la fico i miro el que em dona la gana. :P

Noia, 16 anys

Vaig agafar el tint dels cabells que fa servir la meva mare perquè volia provar de tenyir-me els pèls del... La cosa és que em va fer una reacció al·lèrgica i vaig acabar a urgències. La meva mare em va fotre una bronca molt gran.

Noia, 16 anys

Agafo la cuchilla d'afaitar del meu pare i em depilo el txitxi i després la torno a posar al seu lloc, encara no s'ha donat compte.

Noia, 13 anys

Fa cosa d' un any, vaig agafar l'ordinador del meu pare per buscar una cosa d'un treball de l'insti quan, de cop, a l'entrar a Google veig que estava oberta una web de porno i de *Hot Girls* (a part també ho tenia guardat a Favoritos). Em vaig traumar molt.

Noia, 16 anys

Aquests últims dies he estat estalviant diners, els meus pares es pensen que és per comprar-me roba però en realitat és per comprar-me un vibrador.

Noia, 19 anys

M'han donat una beca per anar a estudiar als Estats Units, però no vaig dir a ningú que l'havia demanat. Ara no sé com dir-ho als meus pares...

Noia, 15 anys

La meva mare em compra condons pensant-se que m'agraden els tios, però el que em mola són les ties...

Noi, 16 anys

Una vegada estava a la meva habitació veient porno, pensava que estava sol a casa i em vaig fer una palla. De cop, va entrar la meva mare i em va veure. Des d'aquell dia em va posar un "pestillo" a la porta.

Noi, 51 anys

Soc pare i miro Adolescents.cat.

Noi, 17 anys

Els meus pares estan divorciats. Els divendres a la tarda normalment arribo tard a casa, però fa un mes vaig arribar abans d'hora. Vaig escoltar sorolls estranys a l'habitació de la meva mare i vaig suposar que ho estava fent amb la seva parella, però de cop vaig escoltar la veu del meu pare. Més tard el meu pare va sortir al menjador, em va saludar i es va pirar corrent. Ma mare va trigar més en sortir, i quan va sortir... Estava també amb la seva parella! S'havien marcat un trio. Visc traumat ara...

Noia, 16 anys

Em vaig quedar sola a casa i vaig cotillejar els calaixos dels meus pares. Em vaig traumar moltíssim (i encara ho estic) perquè vaig tobar unes fotos del meu pare vestit amb roba de noia... El pitjor és que tot és roba meva!

Noia, 16 anys

L'altre dia m'estava tocant a la dutxa pensant que no em sentia ningú. Mentre ho feia va venir el meu pare a preguntar-me què volia per sopar. Vaig començar a cantar per dissimular, però crec que no va colar.

Noi, 17 anys

A l'estiu els meus pares van anar de viatge i vaig convidar la meva nòvia. Ho vam fer molt salvatge al llit dels meus pares perquè ens donava morbo i es va trencar el llit. Com que no sabia quina excusa donar, vaig pensar de tallar el cable del llum que hi ha sobre el llit per simular que havia caigut. Els meus pares encara no entenen com aquell llum d'Ikea els va xafar el llit. Jajaja.

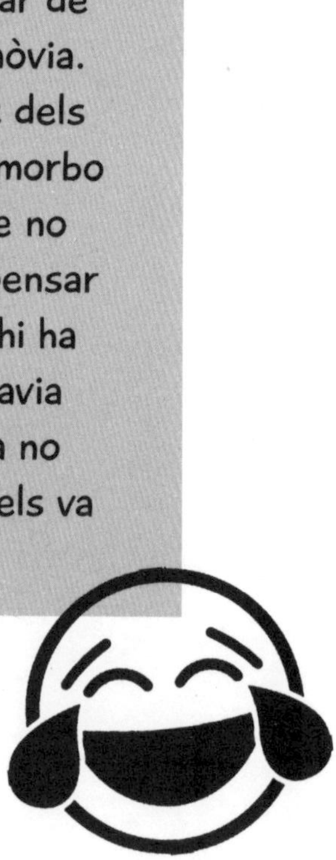

Noia, 14 anys

La meva mare em va pillar masturbant-me amb el xorro d'aigua del "micro" de la dutxa. A la setmana següent em vaig adonar que havien canviat el "micro" i no hi surt quasi pressió, és a dir, que ja no em puc masturbar, crec que l'ha canviat a aposta. Puta vida.

Noi, 14 anys

Estava sol a casa i estava molt calent. Vaig agafar paper de plata i em vaig enrotllar la polla. Just a l'acabar d'enrotllar-me la polla amb el paper de plata van arribar els meus pares i em van pillar. QUINA PUTA VERGONYA!!! :3

Noi, 16 anys

L'altre dia estava a casa i vaig trobar un condó usat, la meva mare estava a casa però el meu pare estava de viatge, no sé si dir-l'hi...

Noia, 17 anys

Un dia vaig entrar a un sex-shop que hi ha al costat de casa per comprar alguna cosa per al meu nòvio i de sobte vaig veure que la meva mare era dins. Vaig marxar abans que es girés i em veiés. Després ella va arribar a casa i va estar tancada a l'habitació durant dues hores.

Noi, 14 anys

Un dia, vaig deixar els meus cascos de bluetooth encesos sense saber-ho. I després, em vaig posar a mirar porno, i vaig pensar que devia ser un vídeo sense so. Però el vídeo sonava molt fort als meus cascos, que estaven al costat dels meus pares.

Noia, 15 anys

El meu pare m'ha ensenyat com posar un condó amb un cogombre. Jajaja.

Noia, 16 anys

El meu pare té cavalls i molts dissabtes anem a muntar. Molts cops tinc orgasmes mentre estem muntant amb el moviment del cavall i haig de dissimular perquè no es noti. Algun dia m'he corregut.

Noia, 15 anys

L'altre dia mirant fotos de família, vaig trobar-ne unes de la "despedida de soltera" de la meva mare. Em vaig traumar moltíssim, perquè vaig veure una foto on ella bevia d'una ampolla que tenia forma de polla; ara quan la miro fixament em ve al cap aquella imatge i no li puc parlar.

Noi, 17 anys

Treballo de DJ quasi cada divendres i els meus pares es pensen que estic amb els amics. A ells no els hi agrada el món de la nit.

Noia, 16 anys

M'encanta posar-me tangues però em fa vergonya demanar-li a ma mare que me'n compri. Sempre li agafo dels seus, els rento d'amagat i els hi torno al calaix. Crec que no s'ha enterat encara.

Noi, 17 anys

Avui dia encara em faig pipí al llit. No ho saben els meus pares perquè quan passa, rento el llençol ràpidament. Tinc por de dir-ho.

Noia, 17 anys

Els meus pares em volen vacunar del papiloma, i esclar, es vacuna abans de perdre la virginitat i no sé com dir que no me la posin perquè jo ja no ho soc. Estic inventant excusa rere excusa.

Noia, 15 anys

Fa mesos que em vaig fer un tatuatge al cul i els meus pares no ho saben.

Noi, 14 anys

Quan els meus pares no hi són a casa agafo el pot de Nutella i me'l menjo sencer. Per dissimular després en vaig a comprar un altre.

Noia, 15 anys

Em connecto al WhatsApp almenys un cop al dia encara que pràcticament mai parli amb ningú. No vull que la meva mare sàpiga que no tinc amics.

Noia, 16 anys

El meu pare és stripper. Cada vegada que els meus amics m'ho pregunten dic que és lampista.

Secrets
Amor

Noia, 17 anys

Després de dos anys d'haver-ho deixat amb el meu ex, segueixo molt enamorada d'ell. De cara a tothom faig veure que ho he superat.

Noia, 18 anys

Tinc una por terrible d'enamorar-me i que em trenquin el cor o em facin mal. Per això, desaparec de la vida de les persones abans que em puguin fer mal.

Noia, 14 anys

Des de fa algunes setmanes estic enviant cartes d'amor anònimes al meu millor amic. Porto molt de temps enamorada d'ell. No sospita res i me les ensenya per llegir-les junts. Segurament soc molt pel·liculera, ho sé, però espero enamorar-lo a través de les cartes i, d'aquí a un temps, dir-li que soc jo.

Noia, 18 anys

Soc bisexual i m'agrada la germana d'una amiga meva... Ah, tinc nòvio! Ell no en sap res, però tampoc ningú sap que tinc parella. Tinc un *pollo*, oi?

Noia, 17 anys

Estic liada amb un actor de *Merlí*. M'ha dit que no digui a ningú que estem de lio i li he guardat el secret. Crec que m'estic enamorant d'ell...

Noi, 16 anys

Soc gai, ho tinc clar des de fa molt de temps. El problema és que ningú ho sap i estic colat d'un amic meu. El cas és que li vaig passar una foto de la meva polla i ara ja no em parla, ni tan sols em mira a la cara... Potser no va ser la millor manera de mostrar-li el meu amor.

Noi, 16 anys

La meva nòvia m'ha demanat temps. El que ella no sap és que ho tenia tot preparat per fer-li una sorpresa pel nostre aniversari... Se n'ha anat tot a la merda. T_T

Noia, 17 anys

Quasi sempre quan camino pel carrer i veig algun noi de la meva edat, en la meva ment m'imagino com seria conèixer-lo i que ens agradéssim mútuament i comencés una història d'amor... Hi ha algú més que ho faci? :')

Noi, 15 anys

Soc el xulo de la classe i tothom es pensa que lligo molt però en realitat m'agrada una noia que és bastant tímida i els nois diuen que no està bona, encara que jo penso que és perfecte.

Noia, 18 anys

Cada setmana vaig a buscar al meu germà a l'entrenament de bàsquet i també vaig a tots els partits. Tothom es pensa que soc una germana pefecte però en realitat hi vaig perquè estic enamorada en secret del seu entrenador i espero que algun dia es fixi en mi.

Noia, 13 anys

A la porta de l'ascensor hi ha unes ratllades on es veuen lletres. Tots els veïns estan molt cabrejats però el que ningú sap és que he sigut jo. Les lletres que hi ha guixades són les inicials del noi que m'agrada. Un dia que va venir a fer un treball a casa meva va dir "mira, si són les meves inicials!", i jo li vaig dir "com vols flipat?". Soc gilipolles perquè hauria pogut ser molt guai allà a l'ascensor. Però, esclar, si m'hagués dit que no...

Noi, 18 anys

Fa uns mesos vaig conèixer el noi més guapo del món i ara és el meu millor amic. No sap que m'agraden els nois ni que estic enamorat d'ell. A vegades, m'encantaria fer-li un petó a la boca i confessar-li-ho tot, però em fa moltíssima por que em descobreixin.

Noia, 16 anys

"¡Moza, tengo tierras y ganado!" és la frase que diu el noi de qui estic enamorada. Cada vegada que la diu em poso més catxonda.

Noia, 16 anys

La gent sol dir que tinc el cor de pedra, ja que mai m'enamoro ni em fixo en ningú, però la veritat és que tinc por d'enamorar-me i que la persona en qüestió em conegui de veritat i em rebutgi. No ho podria suportar.

Noia, 15 anys

Ningú sap qui m'agrada, ni tan sols la noia que considero la meva millor amiga. Simplement perquè és ella...

Noi, 15 anys

Soc el malote de l'insti però m'he enamorat de la friki de l'insti, i no sé com dir-ho...

Noia, 15 anys

Estic enamorada d'una de les meves millors amigues. La conec des que vam néixer i em fa por perdre-la. No li diré res.

Noia, 15 anys

Estic enamorada de la meva millor amiga i ella sempre insulta les noies que sap que són lesbianes. És molt dur.

Noia, 18 anys

Faig natació des dels 3 anys i fa temps que tinc un monitor (31 anys) que, a mida que he anat creixent, m'he pillat d'ell fins al punt d'arribar a estar malament per no veure'l algun dia. Ell no ho sabia, però vam començar a parlar fins que, quan vaig complir els 18, ens vam començar a liar. Porto darrere d'ell des de fa varis anys ja i mons pares no ho saben, si ho fessin em matarien.

Noia, 15 anys

De totes les relacions que he tingut, mai he sentit tant com vaig sentir de petita. De la guarderia fins a P5 vaig estar bojament enamorada d'un noi. Sembla molt ridícul però és ben cert. Aquest nen va marxar i ja no l'he vist mai més. Encara segueixo pensant en ell a vegades.

Noia, 16 anys

Fa temps que sento alguna cosa especial pel meu millor amic. Dissabte passat li vaig dir de quedar perquè volia parlar amb ell i em va dir que també volia parlar amb mi. Total, que li vaig dir que comencés ell i em va dir superil·lusionat que tenia nòvia i que jo era a la primera persona a que li explicava. *Putabida.*

Noi, 17 anys

Diuen que soc el tio que està més bo de l'institut, sempre em lio amb ties diferents i semblo molt dur perquè faig veure que me la suda tot. Però realment estic enamorat d'una noia que diuen que no és gaire guapa, li envio regals un cop cada dues setmanes i, quan ningú em veu, me la quedo mirant. Jo la veig preciosa. Només ho sap la meva millor amiga.

Noi, 16 anys

Sempre que quedo amb els meus amics es posen a comentar com triomfo amb les noies i amb quines es liarien ells si tinguessin les mateixes oportunitats que jo... El que no els he dit encara per por és que m'he penjat d'un noi de 19 anys i estem liats.

Noia, 17 anys

Estic enamorada del nòvio de ma germana. Sempre que ve a casa intento ser al màxim d'amigable i simpàtica per si algun dia tallen poder atacar.

Noia, 17 anys

Quan miro el meu horòscop a Adolescents.cat també miro el de la persona que m'agrada a veure si coincidim en alguna cosa. Algú més ho fa?

Noia, 16 anys

Em vaig inventar que havia tingut una relació d'un any només perquè totes les meves amigues havien tingut nòvio menys jo.

Noi, 17 anys

Trobo molt a faltar la meva ex des que ella em va deixar per un altre. Quan tinc baixons la truco en número ocult només per escoltar la seva veu. És la manera de ser feliç per uns segons, encara que després tot s'acabi un altre cop.

Noia, 14 anys

M'agrada un dels meus millor amics i m'havia fet il·lusions. Però fa poc que sé que ell i una de les meves millors amigues es volen liar. Faig veure que estic molt contenta pels dos però em dol moltíssim.

Noi, 16 anys

Vaig escriure una carta d'amor a la noia que m'agrada i vaig anar expressament a casa seva per deixar-l'hi a la bústia. La veig cada dia a l'insti i em moro de ganes de saber si ha arribat a llegir-la i si sap qui sóc. Tinc pensat dir-li que he estat jo el dia de Sant Valentí, a veure com s'ho pren...

Noia, 14 anys

L'altre dia em vaig posar a fet twerk davant del noi que m'agrada. Es va quedar flipant perquè soc una noia molt tímida. Des d'aquell dia em tira la canya a saco. L'he enamorat.

Noi, 14 anys

M'agrada una noia més petita que jo, però a ella li agrada un altre noi i jo li dono consells per aconseguir-lo... Soc idiota.

Noia, 18 anys

L'any passat, la meva millor amiga va ser acceptada a una universitat dels EAU. Estic molt deprimida perquè mai he tingut suficient valor per confessar-li que estic enamorada d'ella i que des que ha marxat els meus dies no són res fins que arriba l'hora que ens truquem per Skype.

Noia, 17 anys

No sé el teu nom, només sé que cada dimecres ens trobem al mateix bus de la línia 59 a Maria Cristina (Barcelona) i que mai tindré el valor per parlar-te, encara que me'n mori de ganes. Potser un dia ets tu qui em parla o potser veus això escrit a Adolescents.cat. Mentrestant, seguiré esperant impacient que arribi el proper dimecres.

Noi, 14 anys

Soc musulmà, estic sortint amb una noia i la seva família és molt catòlica. Ni els meus pares ni els seus ho saben.

Noi, 16 anys

He tingut sexe amb un amic perquè ell volia saber què se sent amb un altre noi. Jo estic enamorat d'ell des del primer dia que el vaig veure a l'institut i ara no sé què fer.

Noi, 16 anys

Soc un dels xungos de l'institut, però la gent no sap que quan passo d'anar a classe o moltes tardes escric una novel·la romàntica a Wattpad que a moltes noies els encanta. Per vergonya i per mantenir la meva imatge, crec que mai ho diré.

Noi, 16 anys

Mai he tingut el valor de dir-te que m'agrades. Sempre que has intentat apropar-te a mi t'he donat l'esquena. Perdó, no sé per què el meu interior tendeix a allunyar-se de les persones que estimo. Espero algun dia tenir el valor per explicar-te el que sento.

Noi, 17 anys

He estat sortint amb una noia per donar-li enveja a la meva ex i ara m'he enamorat de la meva parella actual i m'està costant molt deixar-la.

Noi, 15 anys

Porto un any parlant amb el noi que m'agrada, però ell no ho sap, així que l'ajudo a liar-se amb ties. Em sento estúpida... Però és l'única manera que tinc de sentir-lo a prop...

Noi, 16 anys

Tinc un compte d'Instagram de poesies que escric jo mateix. No sé com, em va començar a seguir la noia que m'agrada. Per MD no para d'enviar-me missatges dient que li agrada moltíssim el que escric. No sé si continuar en l'anonimat o dir-li qui soc i que la majoria dels poemes d'amor que hi surten els he escrit pensant en ella...

Secrets
Mentides

Noia, 16 anys

Quan tenia 8 anys un dia que estava a casa d'una amiga li vaig robar el seu hàmster sense que se n'adonés. Ella es pensa que es va escapar. El vaig tenir vivint en una capsa de sabates foradada durant 2 mesos fins que els meus pares el van trobar i el van donar a uns veïns. La meva amiga mai ho ha sabut.

Noia, 20 anys

Em vaig arribar a inventar una història d'amor. Aquesta història els hi vaig explicar a les meves amigues com si fos totalment real quan no era res veritat, l'única veritat era que parlava amb aquella persona i ja està. Vaig estar durant un any amb aquesta mentida i els hi vaig dir que lo nostre s'havia acabat, mai han sapigut que era tot mentida.

Noia, 15 anys

Soc mentidera compulsiva. He arribat a dir que soc adoptada o que tinc un nòvio francès i ensenyo fotos d'un tio desconegut d'Instagram. Estic malalta, oi? Puc inventar-me coses supercreatives.

Noi, 14 anys

Des de fa un parell d'anys menteixo a tothom i m'he adonat que sé mentir tan bé que ni els meus pares ni els meus millors amics saben quan menteixo. No sé si és una habilitat o un problema.

Noia, 16 anys

De vegades em poso amb bolígraf una data per dir que és el dia que vaig sortir amb algú i perquè així els altres pensin que he tingut nòvio... Molt looser, ho sé.

Noia, 17 anys

Menteixo sobre anar a moltes discos i festes per fer-me la guai i impressionar els meus amics. Ningú sap que m'ho invento ja que "els amics qui hi vaig" són inventats i a mi no m'agraden les discoteques. Ho faig perquè no es riguin de mi perquè sembla que a la meva classe, si no surts de festa i la tajas, no ets ningú.

Noi, 16 anys

Em cau malament tothom de la meva classe, però ells es pensen que em cauen genial, soc molt bo fent el fals. Tinc la meva colla d'amics al poble on anem el cap de setmana.

Noia, 14 anys

No tinc tetes i em poso sostenidors petits amb papers de vàter per dissimular-ho.

Noia, 15 anys

M'he fet un Insta fals només per cotillejar i per treure-li informació a un ex-lio (i ho he aconseguit, jeje).

Noia, 15 anys

No soc verge i la meva mare no sap absolutament res del que faig perquè li dic moltes mentides. Tinc una vida molt diferent de la que ella es pensa. Tinc por que un dia al ginecòleg o així sàpiga d'alguna cosa...

Noia, 15 anys

No tinc Insta, i per estar al dia de totes les publicacions i cotilleos el miro des del compte d'una amiga que un dia el va obrir al meu mòbil i no el va treure... Només miro... No poso likes ni res...

Noi, 17 anys

Vaig començar amb un petit tattoo a l'esquena i ara m'acabo de tatuar una part del braç. Els meus pares no en saben res de res.

Noia, 15 anys

Fa temps vaig crear-li un perfil de Facebook a una noia per putejar-la, però finalment no vaig escriure-hi res ja que em va saber molt de greu. No n'estic pas orgullosa.

Noia, 15 anys

Ja fa una setmana que, tornant cap a casa, vaig trobar el nòvio de la meva millor amiga liant-se amb una altra noia. Ara sempre que el veig el miro amb cara d'asco, no sé si dir-ho a la meva amiga.

Noia, 18 anys

No tinc amics. He arribat a inventar-me'n un que em comentava les fotos del Facebook i vaig dir que ell era el meu millor amic. Per sort, aquesta etapa ja l'he superada.

Noia, 15 anys

Vaig quedar-me a dormir a casa d'una amiga i sense voler vaig trencar la seva tassa favorita... Ningú em va veure així que ho vaig tirar tot a les escombraries i no vaig dir res a ningú.

Noia, 16 anys

El meu pare treballa a un sex-shop i em fa vergonya dir-ho quan m'ho demanen els meus amics. Cada cop que m'ho pregunten dic que és xarcuter i fa botifarres. xDD

Noi, 17 anys

Em sento realment malament perquè l'estiu passat em vaig examinar d'un examen oficial d'anglès i vaig copiar molt i tenia moltíssimes xuletes, però soc molt dissimulat i no em van pillar. Vaig traure un 9,83 i ara m'han ofert una beca a un institut privat d'Amèrica. El cas és que la meva nòvia sense fer xuletes va traure un 8,93 i la beca me l'han donat a mi en lloc d'ella. No sap res i s'alegra que jo hi vagi. Em sento fatal per no dir-l'hi i perquè ella s'ho mereix més.

Noia, 16 anys

Li vaig dir a la meva actual parella que encara era verge perquè tenia por que em deixés. Ara he descobert que ell té molta experiència i tinc por perquè crec que faré el pena la primera vegada que ho fem.

Noia, 15 anys

Una amiga meva està de lio amb el meu ex. Els dos es pensen que no sé res però... Molt dur i jo dissimulo i no els dic res com una gilipolles...

Noia, 16 anys

A finals d'estiu va ser l'aniversari de la meva millor amiga i li vaig regalar tot de coses, em vaig gastar com 150 euros. Aquest finde va ser el meu i m'ha regalat una merda gorra que no val ni 10 euros (i a casa seva no són precisament pobres). Li vaig dir que em feia molta il·lusió però la veritat és que estic molt ratllada...

Noi, 15 anys

M'invento moltes excuses per no anar a classe i crec que ja he dit que ha mort la meva àvia unes 7 vegades... Ella segueix viva.

Noi, 16 anys

Soc el més popular del meu institut. Per aconseguir-ho m'he liat amb moltes noies guapes, però en realitat a mi m'agraden els nois... No sé què fer.

Noia, 18 anys

Mai he tingut nòvio però vaig mentir a les meves amigues dient-los que vaig sortir amb un noi i vaig perdre la virginitat amb ell. També soc verge. Com més gran em faig més grossa es fa la mentida.

Noia, 16 anys

No sé nedar, ja que de petita al meu país (vaig arribar a Catalunya als 9 anys) mai me'n van ensenyar i a l'estiu no vaig a la piscina ni a la platja perquè em fa molta vergonya... Dic que prefereixo la muntanya.

Noia, 14 anys

Teníem un ocell a casa i la meva mare se l'estimava molt. Un dia vaig voler netejar-lo perquè estigués més guapo però sense voler el vaig ofegar. Va ser terrible... La meva mare no sap la veritat. S'enfadaria molt... Vaig fer veure que s'havia escapat.

Noia, 12 anys

Fent el gilipolles vaig trencar una escultura que els meus pares havien comprat a l'Àfrica i valia molta pasta. Vaig donar la culpa al meu germà petit de 3 anys i quan li fotien la santíssima bronca jo em sentia fatal. Pobret, superinnocent, es va posar a plorar... Quan sigui més gran li demanaré perdó.

Noia, 15 anys

Vaig perdre la virginitat fa poc amb el meu millor amic. El meu nòvio no sap res i té ganes de fer-ho per primera vegada. Creu que soc verge perquè mai li he explicat que ho he fet.

Noia, 18 anys

Em vaig inventar que m'havia liat amb una noia a una festa per posar calent el noi que m'agrada i no vaig saber què fer quan dos dies després una amiga em va fer un petó de veritat a la discoteca davant dels amics.

Noia, 16 anys

Estic tenint una història amb el nòvio de la meva germana. Fa dos anys que surten junts... Em sento fatal...

Secrets
Una mica de tot

Noia, 14 anys

Porto molt de "relleno" als pits i no ho sap ningú.

Noia, 17 anys

A l'hivern, quan estic al llit, sempre em fico la mà al txitxi perquè la tinc freda i m'agrada el contrast de temperatures que provoca. Em quedo així fins que m'adormo.

Noia, 15 anys

Quan tenia 10 anys em vaig tallar un tros de cella. No volia que es notés però me la vaig tallar massa. Al dia següent, la meva mare em va preguntar què m'havia passat i li vaig dir que m'havia quedat adormida al cole i que algú me l'havia tallat. Va anar al cole a parlar amb la profe...

Noia, 15 anys

L'altre dia va venir una amiga a casa. Com li pot passar a tothom, li van entrar ganes de cagar. La molt marrana es va eixugar amb la meva tovallola. No li he dit res perquè és una situació incòmoda. El que no sap és que el pròxim cop que jo vagi a casa seva faré el mateix i, si no tinc caca, ho faré quan tingui la regla.

Noia, 15 anys

Ma germana i jo dormim en lliteres i jo dormo a la de dalt. A la nit em trec burillots i els tiro al seu llit. Encara no se n'ha adonat.

Noia, 16 anys

De vegades, quan vaig a casa de la meva àvia m'acosto al seu bolso i li agafo alguns diners per sortir amb els amics. Algun dia se n'adonarà...

Noia, 15 anys

La primera vegada que em vaig posar un tampó em vaig equivocar de forat i me'l vaig ficar pel cul.

Noi, 19 anys

Fa uns dies em va caure la clau de casa al contenidor mentre tirava la brossa. En un moment de desesperació, em vaig tirar dins del contenidor. Al final les vaig trobar.

Noia, 17 anys

A vegades em masturbo amb un peluix que tinc a la meva habitació. Un dia van venir les meves amigues i em van dir que era molt maco i el van començar a abraçar. En el fons els volia dir que no el toquessin però no sabia com...

Noia, 15 anys

Quan vaig a Mallorca cada any faig paradetes i venc coses. L'any passat vaig vendre (per fer una broma) una capsa amb un "trunyo" a dins. Una nena me la va comprar i quan va obrir la capsa va venir sa mare i em va fotre una bronca que gairebé ploro.

Noia, 15 anys

A vegades encara em pixo al llit per les nits i no és normal amb l'edat que tinc. Quan dormo fora sempre vaig amb por. Si algú se n'assabentés, em faria moltíssima vergonya.

Noi, 19 anys

Tinc un amic que "dissimula" mentre que es menja els mocs i no sé com dir-li que es nota massa.

Noia, 12 anys

Bec biberó a la meva edat i tinc molta vergonya d'acceptar-ho, cap amic meu ho sap...

Noia, 16 anys

Sé fer pets vaginals i m'entretinc molt fent-los.

Noi, 14 anys

M'agrada molt vestir-me amb roba de noia, en especial mitges i sabates de dona. Quan estic sol a casa, em fico les mitges de la meva mare.

Noia, 14 anys

Tinc un Instagram fals per cotillejar a gent que em fa vergonya seguir des del meu Instagram verdader.

Noia, 16 anys

Vaig matar el meu peix sense voler i ningú ho sap. Vaig anar a la botiga i vaig comprar un altre d'igual.

Noia, 16 anys

Estàvem un dia al cap de futbol amb les meves amigues i hi havia nois molt guapos. El cas és que vaig dir que anava al lavabo però en realitat vaig anar al vestidor dels nois perquè volia olorar l'Axe dels més grans... Quan vaig entrar, vaig pillar el nòvio de la meva amiga liant-se amb un del seu equip... No sé si dir-li a ella...

Noi, 19 anys

Confesso que m'agradaria fer ballet amb roba de noia.

Noia, 16 anys

Dormo despullada i, a més, soc somnàmbula. Una nit, just el dia que feien una festa on tots els meus amics anaven, em van castigar i em van fer anar a dormir molt aviat. La qüestió és que aquella nit, per casualitats de la vida, no vam tancar la porta de casa i jo cap a les 2 i pico del matí em vaig aixecar somnàmbula i despullada com de costum, i me'n vaig anar de casa. Just quan sortia de casa, van passar els meus amics que pujaven cap a la festa i em van veure per allà corrent com una energúmena i tots els nois se'm van quedar mirant i les noies no ho sé segur, no m'hi vaig fixar massa, ja que vaig començar a cridar un munt. Sort que anaven una mica contents i crec que no se'n van adonar gaire. L'endemà, quan ens vam trobar, van seguir normals, com si no hagués passat res, però crec que tots es recorden de la nostra trobada. Va ser el pitjor dia de la meva vida i, des de llavors, dormo molt tapada i amb les portes tancades.

Noia, 20 anys

Tinc 20 anys i els meus amics es pensen que tinc una vida sexual realment activa. El que no saben és que encara soc verge. Es pensen que soc una experta i sempre em demanen consell sobre el sexe. No tenen ni idea que no he agafat una polla en ma vida...

Noi, 16 anys

Vaig néixer hermafrodita. Això passa molt poques vegades, però quan vaig néixer tenia penis i vagina a la vegada. Finalment, em van extreure el penis. No ho sap ningú però tinc una cicatriu allà baix i tinc vergonya que es noti a l'hora de mantenir relacions quan arribi el moment.

Noia, 16 anys

Quan era petita volia ser un noi i m'estirava els llavis de la vagina perquè em sortís penis.

Noia, 16 anys

Aquest Nadal em va pillar un "apreton" molt fort anant de botigues amb una amiga i, com que m'estava cagant a sobre, vaig entrar a un emprovador del ZARA i vaig cagar dins d'una bossa, hi vaig fer un nus i la vaig deixar allà.

Noi, 15 anys

A les nits m'aixeco a menjar Donettes de l'armari de la cuina perquè no m'agrada el sopar que em fan i sempre culpo la meva germana.

Noia, 16 anys

M'invento que se m'han esborrat els contactes del mòbil i penjo instas dient "abrir contactos perdidos" perquè m'obrin.

Noia, 14 anys

Soc supergelosa amb les meves amigues, tot el que els passi millor que a mi em posa de molt mala llet.

Noi, 18 anys

M'he gastat molts diners en condons: en tinc un calaix ple. No els utilitzo però em sento important.

Noia, 14 anys

Tinc 3 comptes d'Instagram falsos per posar-me like a les meves fotos i per cotillejar els perfils de la gent que conec però que no m'ha seguit mai.

Noia, 15 anys

Fa uns anys, em vaig inventar un compte d'Instagram d'un noi fals per parlar amb la nòvia del noi que m'agradava i intentar que ho deixessin.

Noia, 16 anys

El meu millor amic em va deixar el seu gat fa uns dies perquè m'encanten, però li va caure un test a sobre i s'ha mort. No sé què fer.

Noia, 15 anys

Des de la guarderia que soc amiga d'un noi xinès. De petita m'ensenyava xinès i només ell sap que entenc i parlo l'idioma perfectament. Ningú més ho sap.

Noia, 17 anys

Encara segueixo jugant a nines quan els meus pares no em veuen i quan porto algun amic a casa sempre les he d'amagar. Em va bé jugar perquè em serveixen d'inspiració per escriure històries, cosa que m'apassiona.

Noi, 18 anys

Un dia em vaig "sobar" a un emprovador i va venir molta gent al voltant meu perquè pensaven que estava mort.

Noia, 13 anys

Un cop vaig anar a la granja del meu tiet. Com que sempre em diu que soc molt de ciutat el vaig voler impressionar munyint una vaca, però em vaig confondre i vaig munyir un toro. Li estava agafant els ous.

Noi, 15 anys

El meu amic esnifava cocaïna a les festes. Jo no volia que ho fes i, en secret, els ho vaig dir als seus pares. El meu amic no sap com ho han sabut. No me'n penedeixo gens.

Noia, 14 anys

Vam estar llegint Adolescents.cat amb uns quants companys de classe i vam riure dels secrets. El que ningú sap és que un d'aquells secrets era meu.

Noia, 16 anys

M'encanta tirar-me pets quan estic al llit i tapar-me amb els llençols per olorar-los millor.

Noia, 16 anys

M'he gravat en un vídeo explicant com és ara la meva vida, donant-me consells i preguntant coses al meu jo del futur. Ho he guardat en un USB i li he dit a la meva mare que ho guardi amb les coses importants i els seus papers. Quan tingui 25 el tornaré a mirar a veure si s'han complert els meus somnis.

Noia, 13 anys

Quan era petita vaig agafar un permanent i vaig pintar un monstre a sota la taula del menjador i no es pot treure. Ningú se n'ha adonat mai i porta més de cinc anys allà.

Noi, 13 anys

Un dia estava a casa dels meus avis i em van deixar anar a l'ordinador per mirar vídeos a Youtube. El cas és que quan vaig posar la y de Youtube al buscador em va sortir una pàgina porno. Vaig anar a l'historial i sortia que el meu avi la mirava cada dia!

Noia, 17 anys

Quan vaig començar a veure porno, vaig veure una escena amb un consolador. Ho vaig intentar imitar i vaig trencar-me l'himen. Sí, em va desvirgar un tros de plàstic...

Noi, 17 anys

Fa unes setmanes estava a l'escola, em trobava malament i vaig anar a casa. Quan vaig arribar a casa em vaig trobar la senyora de la neteja i el seu nòvio fent-ho a la meva habitació. Els meus pares no en saben res, estic traumatitzat.

Noi, 16 anys

Fa uns anys em vaig crear un perfil fals i vaig començar a parlar amb dos amics meus. Tots dos es van colar per mi i van arribar a barallar-se. Encara creuen que aquella noia existeix, no saben que era jo.

Noia, 13 anys

Fa 3 mesos em vaig comprar un hàmster d'amagat i viu a la meva ronyonera. Els meus pares no en saben res i me l'emporto als llocs.

Noia, 14 anys

Li vaig llepar una teta a un maniquí d'un centre comercial i em va pillar un guàrdia de seguretat.

Noia, 16 anys

El meu nòvio la té molt gran i només l'hi he menjat una vegada perquè quan ho vaig provar vaig desencaixar-me parcialment la barra de la mandíbula i em feia molt mal. La meva mare em va portar a l'hospital i vaig mentir dient que m'havia passat badallant.

Noia, 14 anys

A la meva família ens donem els mòbils quan en comprem un de nou. Quan la meva germana em va donar el seu, vaig anar a Fotos i vaig trobar vídeos on s'estava masturbant!
Ara no puc evitar recordar-ho quan la miro...

Noia, 15 anys

Quan estic llegint, sense voler faig totes i cada una de les expressions que es descriuen al llibre. Em fa molta vergonya i quan llegeixo en públic he de controlar-me.

Noia, 19 anys

Em vaig presentar a GH17 i vaig ser seleccionada, tot això d'amagat dels meus pares. Una setmana abans d'entrar em van pillar i no em van deixar anar-hi. Com a "cover" van posar la Bea, i va ser la guanyadora.

Noia, 14 anys

Tinc un grup de WhatsApp on estic jo sola... És com el meu diari i ho apunto tot allà. Sé que sona molt ridícul, però he arribat a apuntar coses que ningú sap, ni la meva millor amiga!
M'ha funcionat molt i us ho recomano a tots!

Noia, 16 anys

A classe ens van explicar que la Cleopatra es banyava amb llet per tenir la pell més fina. Des d'aquell dia em dutxo amb dos brics de llet un cop a la setmana. Els meus pares ens diuen al meu germà i a mi que som una ruïna amb la llet... No saben que la faig servir per dutxar-me.

Noi, 16 anys

Potser algú es pot pensar que explico això per vacil·lar, però per mi és un complex. La tinc molt gran (em fa 17 cm de normal i 24 cm empalmat) i mai em dutxo al vestuari perquè sé que em dirien coses. Tampoc he tingut relacions amb cap noia perquè em fa molta vergonya i estic acomplexat. M'agradaria tenir una mida normal.

Noi, 14 anys

Quasi sempre miro aquesta secció d'Adolescents.cat cagant, perquè és l'únic moment del dia que estic del tot amb mi mateix.

Noia, 19 anys

Un dia, quan teníem 16 anys, la meva millor amiga va venir a dormir a casa. Ho fèiem tot juntes. Per estalviar aigua, després que jo hagués fet caca, li vaig dir que no tirés la cadena i que fes caca ella també, que era igual. Resultat: el vàter va quedar embussat.

Noia, 18 anys

Tinc tanta obsessió a fer creure als meus veïns que soc superactiva sexualment que em poso a la finestreta del lavabo a fer veure que tinc orgasmes moltes tardes i nits.

Noia, 14 anys

L'any passat li vaig pillar el mòbil al meu germà i vaig entrar al seu WhatsApp web des del meu portàtil. Vaig veure tot el que deia: els seus lios i coses secretes sobre ell, vaja... Per cert, ara està al meu costat tan tranquil i no sap que estic escrivint això d'ell.

Noi, 16 anys

Ahir a la nit em vaig despertar a les 3 perquè vaig sentir que la meva germana petita (té 5 anys) estava parlant. Quan vaig sortir de l'habitació la vaig veure asseguda al mig del passadís amb tots els llums apagats i parlant amb la mirada perduda com si tingués algú davant. És somnàmbula però em va cagar molt l'escena.

Noia, 14 anys

Quan era petita jugava a ser cega amb un bastó i ahir em van dir que tenia un problema als ulls i que tinc possibilitats de quedar-me cega en poc temps. Sembla com si la vida m'hagués castigat per fer allò de petita... Tinc molta por.

Noia, 14 anys

Cada dia a la tarda agafo els cereals (que són amb trossets de xocolata) i em menjo tots els trossets que trobo. L'endemà al matí em cabrejo moltíssim amb mi mateixa perquè quan em tiro els cereals a la llet no hi ha xocolata.

Noia, 16 anys

Quan estic sola a casa menjo de tot i més. Llavors em motivo pensant que faré dieta, fent-me menús i dient-me que a partir d'ara seré una persona sana. Mai ho faig, però soc feliç així.

Noia, 14 anys

No soc americana ni res però tinc un accent molt bo, que quan vaig al Corte Inglés o algun lloc semblant amb les amigues em faig passar per turista i veig patir els dependents intentant parlar-me en anglès. Així va Espanya...

Noia, 13 anys

Avui estàvem mirant *Titanic*. A l'escena on la Rose i en Jack follen, el meu germà petit (9 anys, superinnocent), m'ha dit: "Quan a les pel·lis surten escenes d'aquestes se'm posa el pito gran". M'ha ensenyat la seva minúscula erecció i m'he traumatitzat.

Noia, 16 anys

Porto amb el meu nòvio dos mesos. Fa poc em va voler ficar mà i no li vaig deixar perquè no estava depilada, si no fos per això...

Noia, 15 anys

Cada dia recordo com flaixos i moments de la meva vida anterior. Sempre he sabut que soc una persona reencarnada, ja que recordo com coses viscudes. No ho he explicat a ningú per por de la seva reacció.

Noia, 17 anys

Quan no hi ha ningú a casa, m'agrada posar música, fer veure que estic fent un concert i utilitzar el mòbil com a micròfon. El meu gat és el públic i a vegades m'apropo a ell i li acaricio la cara com si fos algú del públic mentre li canto.

Noia, 16 anys

No tinc tetes, i m'és igual! La gent pensa que tinc un complex o alguna cosa però no, adoro les meves minitetes!

Noi, 16 anys

Tinc un ritual sagrat. Acabar classe, anar cap a casa, fer-me palles i, després, tot relaxat, menjar-me un paquet d'Oreos. No sé per què però necessito menjar Oreos cada cop que em masturbo.

Noia, 14 anys

La meva àvia llegeix Adolescents.cat perquè l'hi vaig ensenyar un dia, i sovint em comença a parlar d'articles que ha llegit. No s'ho amaga i tothom de la meva família ho sap. És tan mona... L'adoro!

Noia, 14 anys

Ahir vaig fumar marihuana sense que ho sabessin els meus pares. Avui tinc una analítica i no ho recordava. Crec que l'he cagada moltíssim...

Noi, 16 anys

Sempre abans de sortir de festa de nit em masturbo per no tenir ganes de posar-li banyes a la meva nòvia. No sé per què però em funciona.

Noia, 14 anys

Tenia un conill amagat a l'habitació feia més de dos mesos. Fa dos dies vaig deixar-lo al jardí fent veure que havia aparegut per casualitat. Ara ho sap tota la família i jo i el meu conill vivim junts feliçment.

Noi, 15 anys

Soc gai i els meus pares no ho saben, però últimament no paro de mirar vídeos de com maquillar-me. M'agradaria anar maquillat pel carrer però tinc por de què em dirien i de la reacció dels meus familiars. No ho sap ningú i a casa quan estic sol sempre ho faig.

Noia, 12 anys

Avui m'han atropellat i ningú ho sap. Li he dit que estava bé al conductor, però em fa mal l'esquena, l'espatlla i el cap. Tinc por...

Noia, 16 anys

L'altre dia estava a casa de la meva millor amiga i, aprofitant que va anar al lavabo, vaig agafar el seu mòbil i li vaig esborrar l'última foto que havia penjat a l'Instagram perquè tenia més likes que les meves. Ella pensa que és un error de l'aplicació...

Noia, 13 anys

Un dia em va venir la regla a les colònies quan anàvem al parc aquàtic de Portaventura. Jo encara no sabia posar-me un tampó i, com que no me'n sortia, me'l va haver de ficar la meva profe de mates, 4 cops!

Noia, 17 anys

El meu amor platònic és el Roger Carandell des del moment que el vaig sentir al BAC UP.

Noia, 17 anys

M'agrada mirar-me els pèls que em surten al cul, sobretot al "ojete". Els toco per saber la seva llargària. Tot i això, no m'agraden gens i me'ls depilo quan puc.

Noi, 16 anys

En una festa d'aniversari a casa d'un amic meu vaig anar al lavabo i vaig fer un cagarro tan gros i consistent que no se n'anava quan estirava la cadena... Em vaig agobiar molt i amb molt de paper de vàter el vaig agafar i el vaig llençar per la finestra. Sort que hi havia finestra...

Noia, 17 anys

Tinc un blog on escric tota la meva vida. És com un diari però compartit amb tothom. Firmo amb pseudònim perquè ningú sàpiga que és meu, no ho sap ni la meva millor amiga!

Noi, 16 anys

La meva nòvia em va deixar fa un any perquè la tenia petita. Des de llavors, cada dia me la mesuro per veure si ha crescut i estic molt deprimit perquè no ha crescut res.

Noia, 16 anys

Quan anava a primer d'ESO no em menjava l'entrepà que m'havien preparat per berenar sinó que, al baixar de l'escola, li regalava a un home que demanava diners per allà a prop. Després em comprava donettes al Caprabo del costat. Almenys ajudava el pobre home...

Noi, 17 anys

Tinc difàlia (dos penis) i ningú a part dels meus pares i el meu metge ho sap.

Noia, 15 anys

Quan era petita no m'aguantava el pipí per les nits i, com que em feia por sortir de l'habitació, pixava en una galleda i tirava el pipí per la finestra. La veïna va pujar més d'una vegada a dir que li mullàvem les finestres. Els meus pares i la veïna sempre han pensat que era aigua.

Noi, 15 anys

Més d'una vegada m'he fet fotos de la meva polla, les he imprés a casa i després he anat a la biblioteca i les he ficat dins de llibres. Ara hi ha llibres de filosofía, d'història, novel·les, diccionaris i altres amb la meva polla.

Noi, 15 anys

Fa poc, tot taja em vaig pintar el pirulo amb permanent negre i no em marxa. D'aquí a poc hauré d'anar a una revisió mèdica i no sé què fer. Espero que no em mirin la polla.

Noia, 14 anys

Tinc dos mugrons a la teta esquerra però només ho saben el meu pare i la meva mare. Em fa molta vergonya despullar-me davant de les meves amigues.

Noia, 14 anys

Sempre que cago fora, com que em fa vergonya que se senti el soroll de com cau la merda, agafo paper de vàter i me l'aguanto fins que surt tota. He desenvolupat tot un art i una tècnica per no fer soroll.

Noia, 16 anys

Amb l'escola vam anar d'excursió al bosc. M'estava cagant a sobre, així que vaig anar sola a un raconet i em vaig deixar anar. Quan vaig acabar, em vaig adonar que no tenia ni mocadors ni cap tipus de paper, i em vaig eixugar amb la mà. Quan vaig tornar amb la resta, vaig fregar-me la mà al jersei d'un altre que em cau fatal i fa un temps em va fer bullying. El karma.

Noi, 18 anys

Tinc el front molt gran i m'agrada camuflar-lo amb el serrell, però els meus amics no ho saben i em diuen casquet volador.

Noia, 15 anys

Cada cop que baixo per l'ascensor faig sentadilles perquè em creixi el cul encara que siguin 25 segons per viatge. De moment no noto resultats.

Secrets

No s'ho creu ningú

Noia, 16 anys

Estic sortint amb un actor de la sèrie *Pretty Little Liars* (Pequeñas Mentirosas) però no ho hem dit a ningú perquè la productora ens obliga a mantenir-ho en secret.

Noi, 17 anys

M'he tirat la Beyoncé!

Noia, 16 anys

M'he liat amb el meu pare.

Noia, 16 anys

Vaig anar al concert de Justin Bieber, vaig colar-me al seu camerino i ens vam liar. La veritat és que es lia fatal. Em va fer molt fàstic.

Noi, 17 anys

Puc llegir la ment de les persones quan els faig un petó i sempre sé el que pensen els tios quan ens liem.

Noia, 16 anys

Li vaig xupar el "miembro" al de mates perquè m'aprovés i el cabrón em va deixar un 5 i com a observacions que m' hi hauria d'esforçar més...

Noi, 17 anys

L'altre dia vaig apunyalar al meu pare i segueix tirat al terra de l'ascensor.

Noi, 18 anys

Tinc una polla de 56 cm.

Noi, 16 anys

Cada any el meu pare i jo anem
a Los Ángeles a veure el seu germà
que és l'Adam Levine de Maroon 5.
No ho sap ningú.

Noia, immortal

Soc un extraterrestre. 👽👽

Quin és el teu secret?